もしもし、運命の人ですか。

穂村 弘

角川文庫
20164

目次

もしもし、運命の人ですか。

「ときめき」延長作戦

恋の始まりのときは楽しい。相手のやることがことごとく心に響くというか、素敵に思える。

「ら行」が上手に発音できない女の子の「なるほど」が「なーほろ」になってしまうのが、たまらなく可愛く感じられたりする。

「アウストラロピテクスって云ってご覧」

「オーストロピテク」

「全然ちがうじゃん」

「えー」

「発音以前に字数が足りてないよ」

「嘘」

「ほんと」

などと、じゃれ合って飽きることを知らない。

おそらく女性の側にも、こちらがなんだかいいもののようにみえているのだろう。

どうってことのない話に頷く、その首の振り方に、とても心がこもっているのがわかる。

恋の始まりのオーラに包まれたふたりは無敵だ。だが、そのような幸福は永遠には続かない。

空港を飛び立った飛行機は、まず急角度で高度をあげてゆく。だが、ずっとそのまま上昇しつづけるわけではない。どこかで必ず水平飛行に移る。「シートベルト着用」のサインが消えて、トイレに行ってもよくなるのだ。

同様に、恋の「ときめき」についても、その上昇カーブが少しずつなだらかになり、やがては水平飛行に変わるときがくる。もうトイレに行ってもよくなるのだ。比喩ではない。実際にこんな短歌がある。

膀胱炎になってもいいからこの人の隣りを今は離れたくない　柴田瞳

「ときめき」に鷲づかみされた乙女心が生々しく詠われた秀作だと思う。「膀胱炎になってもいいから」とは、おしっこを我慢しているということだろう。このフレーズには「死んでもいいから」の何倍ものリアリティが感じられる。だが、夢はいつか覚める。そんなにも「この人の隣り」を離れたくなかったことが幻のように思える日が、彼女にも来るのだろう。

私は「ときめき」が薄れて恋が水平飛行に変わることを怖れる。何故なら、その次に来るのは下降だからだ。

勿論、恋の要素が「ときめき」だけではないことは知っている。例えば、多くの時間とコミュニケーションの積み重ねによって作り出された「親密さ」や「やすらぎ」に価値を見出すこともできるだろう。それらは「ときめき」の減少を補って余りある、と主張するひとも多い。「ときめき」が「やすらぎ」に変わるなら何も怖がることはない、というわけだ。

私自身もこのような「やすらぎ」の価値を否定するものではない。親密な時間のかけがえのなさを詠った自作をあげておこう。

冷蔵庫が息づく夜にお互いの本のページがめくられる音　　穂村弘

冷蔵庫の小さな唸り声が聞こえるような静かな夜。ひとつの部屋のなかで恋人と思い思いの本を読む。相手のめくるページの音だけが時折きこえてくる。言葉を交わさなくても、心の通じ合う相手が確かにそこにいる。それだけの深い喜び。

だが、「やすらぎ」の価値を知りつつ、その一方で、私はどうしても「ときめき」

が永遠に上昇し続ける、という夢をみてしまうのだ。

理想は急角度の上昇がずっと続く、というものだが、これはまず不可能だろう。それにもしも実現したら、余りにも「ときめき」過ぎて逆に辛いというか、本当に膀胱炎になってしまいそうだ。

そこで次のような案を考えてみた。

基本方針は、上昇の角度を緩やかに抑えることで「ときめき」の時間を引き延ばすというものだ。恋の初めの段階であまりにも急上昇するから水平飛行に移るのも早いのだ。ならば、緩やかな上昇によって時間を稼いだらどうか。これによって理論上、一生「ときめき」続けることが可能になる。

では、「ときめき」の上昇角度を抑えるために、具体的にはどうすればいいのだろう。それには互いの個人データの開示量やコミュニケーションのレベルを限定することで対応したいと思う。つまり、相手のことを訊かない、自分のことを教えない、そしてセックスの回数を減らすのだ。

この作戦は、次のような実体験に基づいている。

以前、つきあい始めたばかりの女性と初めてセックスをしたあとで、「名前なんて云うの」と訊かれたことがある。一瞬、何を云われているのかわからなかった。だが、そのひとはこちらの「本名」を訊いていたのだ。彼女はその時点では、私のペンネームしか知らなかった。

そのとき、私は「え、ああ、●●●●●●だよ」と正直に答えたのだが、一瞬、「もし、ここで名前を教えなかったらどうなるだろう」という考えが脳裏を過《よ》ぎった。それはなんとなくどきどきする想像で、運命の分かれ道というようなニュアンスを伴っていた。

もしもあのとき、本名だけではなく、年齢や血液型や出身地や兄弟の有無などのデータを教えないまま、彼女とつきあい始めたらどうなっていただろう。それによって、お互いの「ときめき」は引き延ばされたのではないか。

ペンネームなどの別名のないひとは、「まあくん」「ちいちゃん」等のあだ名を告げることにする。あだ名で呼び合って、お互いの本名も年齢も知らない夫婦。想像しただけでどきどきする。

そして、毎年の結婚記念日に「贈り物」として、ひとつずつ互いのことを教え合うのだ。

例えば、一年目。

「僕はO型」

「あたしも」

「やった。輸血できるね」

或いは、五年目。

「あたし、三十二歳なんだ」

「僕は二十九歳」

「えー、年下だったの」

そして、五十年目の死の床で。

「おまえの名前を教えておくれ」

「ちか、あたし、ちかっていうの。あなた、死なないで」

「ちか……、いい名だ。ぼくはまさる」

「まさる」

「ありがとう、ちか。君のおかげで幸せな人生だった」

「まさる」

「ちか」

と、固く手を握り合って最期の時を迎える。

どうだろう。

以上のような考えから、私は周囲のつきあい始めたカップルに向かって、血液型を教えない方がいい、とか、セックスは三ヶ月に一度にしたらどうか、などとアドバイスをしてみたのだが怪訝な顔をされてしまった。

いちゃいちゃ界

先日、初対面の女性編集者と打ち合わせをした。仕事の話が終わって雑談をしているとき、恋愛の話題になった。

「ふたりきりになると、突然、幼児化する男性がいて驚くんです」と彼女は云った。

内心、ぎくっとしながら、さり気なく訊いてみる。

「それって、やっぱりまずいですか」

「え？ だって幼児プレイですよ。馬鹿馬鹿しくて、恥ずかしくて、そんなのにとってもつきあえませんよ」

きっぱりとそう云われて怯《ひる》んだが、おそるおそる申告してみる。

「あの、僕、割と、幼児化するんです」

「え、ああ」と云って、彼女はちょっと目を逸らした。

「それは、でも、まあ、ほむらさんは、ねえ」となんだか解らないフォローだ。

「ええ、まあ」と私も頷いておく。

その場のやり取りはそれで終わった。

だが、数週間後、別の女性編集者と会ったとき、いきなり云われたのだ。

「ほむらさん、密室では赤ちゃん言葉になるんですって？」

「え」

どこからそんな情報が、それに微妙にニュアンスが変わっているような……、と思いながら、再び訊いてみる。

「それって、やっぱりまずいですか」

「いや、普通ですよ」

そう云われてほっとする。

「普通ですか」

「ええ、男性は結構多いですよ」

「そうですか」

「ええ、赤ちゃん言葉とか動物言葉とか、みんなやりますよ」

動物言葉？

それは知らないんだけど……。

「え、やりませんか。ネコとかネズミとかウサギとか」

「で、でも、動物は喋らないですよね。ネコはニャーとか云うけど、ウサギは鳴きもしないでしょう？」

「あ、ウサギのときは、お腹が減ったぴょん、とか云うんですよ」

ほう、と思う。そうきたか。

「普段強面《こわもて》で男性的なひとほど、ふたりの世界では案外そうなりますよ」と彼女はなおも強調した。

そうなのか。では、ハンフリー・ボガートなんかもローレン・バコールの前では、ぴょんぴょん云っていたのだろうか。君の瞳に乾杯だぴょん、とか。どうなんだ、ボギー。

だが、実際のところは知りようがない。恋人同士の親密さの表現については、その多くが密室の出来事なので実態が摑みにくいのだ。特に同性の振る舞いは、目にする機会がないので全く解らない。みんなはいったいどんな風に甘え、また甘えられているのだろう。木村拓哉は、高倉健は、織田信長はどうなのか。

サッカーの世界には、ファンタジスタと呼ばれるタイプの選手がいる。彼らは常人の想像を超えた創造的なプレーを瞬間的に行うセンスをもっていて観客を熱狂させる。運動能力や反射神経もさることながら、その創造性がものを云うわけだ。

密室でいちゃいちゃする際のセンスにも当然、個人差があり、いちゃいちゃ界のファンタジスタというようなひとも、どこかにいるに違いない。

そのような視点からみると、赤ちゃん言葉とか幼児化というのは、自分が実際に幼かった時期の甘え方を大人になってから単純になぞっているわけで、決して創造的なプレイとは云えなさそうだ。

私はいちゃいちゃ界のファンタジスタではない。だが、云い訳をすると、自分は確かに密室で幼児化もするが、決してそれだけではないのだ。より高度なプレイをひとつだけ挙げておくと、痒いところを相手の指で掻いて貰うというのがある。自分の手が届きにくい場所、例えば背中などを掻いて貰うことは普通にあるわけだが、この場合は、おでことかほっぺたとか簡単に届くところを、わざわざ掻いて貰うのがポイントだ。

あ、もっと、右、もっと下、もうちょっと上、惜しい、もちょっと、そこだ、そう、そう、うん、そこを起点に周囲を優しく、などと口で説明する。

自分で掻けば簡単なところを、そうやっていちゃつきながら掻いて貰うのがいいのである。

そんな馬鹿馬鹿しいことにはつきあっていられない、と思われるだろうか。そう思われた時点で勝負はこちらの負けということになる。

いちゃいちゃについての私見を述べてきたが、次にその危険性についてもひと言触れておきたい。高度で創造的ないちゃつきは、それはそれで問題を生じることがあるのだ。

すなわち密室で余りにも凝ったいちゃつきを仕掛けられると、相手に対して恐れを抱いたり、さらには、こいつ、こんなことをいつどこで覚えたんだ、などと思って、恋人の過去に疑念と嫉妬を抱くことにもなりかねないのである。相手の過去にやきもちをやくことを「さかのぼり嫉妬」と云って、これは人間の抱く全ての感情のなかで最も不毛なもののひとつだ。「さかのぼり嫉妬」のサイクルに入ると、出口のない愛情証明を求め始めて大変なことになる。

何が、「ぴょん」だ。
前の彼氏にも、それやってたんだろう。
おんなじことやりやがって。
俺は、ウサギなんて絶対、認めないぞ。
ネコもネズミも駄目だ。
本当に俺のことが好きなら、新しい動物で来い。
今まで誰にもみせたことのない俺だけのための動物。
初めての鳴き声。
初めての動き。
今すぐ。

このとき、男は嫉妬のあまり脳が沸騰してわけが解らなくなっている。「新しい動物で来い」なんて云われても、なかなか咄嗟《とっさ》にアルマジロとかヒョウモントカゲモドキとかできるものではない。そもそも愛情の深さとアルマジロの真似がうまいことは全く無関係である。そこのところがぐちゃぐちゃになっているのだ。

スイートないちゃいちゃタイムの筈が「さかのぼり嫉妬」の罠にはまって、喧嘩になってしまったカップルは少なくないと思う。いちゃつきがふたりの愛情確認の行為であることを思えば、そこからやはり愛情確認の衝動である「さかのぼり嫉妬」までの距離は意外に近いことになる。注意が必要だ。

最後に、いちゃいちゃに関連して二十年前につくった自作の短歌を挙げておきたい。

「酔ってるの?あたしが誰かわかってる?」「ブーフーウーのウーじゃないかな」　　穂村弘

すっかり忘れていたのだが、この時点で私は既に動物プレイをやっていたことがわかる。ちなみに「ブーフーウー」とは一九六〇年代にNHKでやっていた子供番組のこと。「ブー」「フー」「ウー」という三匹の仔豚が主人公だった。

18

苺狩り

大学生のカップルが初めてのデートをした。

苺狩りである。

ビニールハウスの入り口でお金を払うと、小さな容器に入ったコンデンスミルクを渡される。

それを片手にふたりは苺を摘んでは食べていった。

「おいしいね」「うん、おいしいね」と云い合いながら。

だが、途中で困ったことが起きた。

コンデンスミルクがなくなったのである。

ミルクのお代わりはできない決まりだ。

最初からコンデンスミルクなしで食べていたならともかく、それまでつけていたものが急になくなると、それ以上食べ進むのは困難である。

甘かった苺が酸っぱくなってしまうのだ。

考えてみると、最初に渡されたミルクの量があまりにも少なすぎた。

そう、それはサービスにみせかけた巧妙な罠だったのだ。

「苺食べ放題、時間無制限、コンデンスミルク・サービス（但しお代わりなし）」

最後に付け加えられたさり気ない注意書きが、これまでに幾多の苺食いの夢をうち砕いてきたのだった。

気づいたときには、ふたりの手も止まっていた。

絶体絶命。

そのとき、奇蹟が起きた。

男の子が鞄の中から「それ」を取り出した。

真っ赤なコンデンスミルクのチューブ。

彼は以前にもここに来たことがあったのだ。

だからこの怖ろしい罠の存在を知っていた。

そして女の子を悲しませないために、予め「それ」を準備してきたのである。

もう大丈夫。

これでふたりは思い切り苺を食べられる。

「やったじゃん」と私は云った。「初デートで彼、ビッグポイントだね」

「それが、そうはならなかったんですよ」と彼女は云った。

彼女こそ、その苺デートの当事者であり、十数年後の今日、私に学生時代の思い出を語ってくれている人だった。

「え、どうして?」

「鞄から出てきたチューブをみて、あたし、なんか、がっかりしちゃったんです」

「どうして?」

「なんだ。この人、こうなるのを知ってたのかって」

「どういうこと?」

「うまく云えないんだけど、たぶん初めてのことをふたりで分け合いたかったんだと思う。たとえ、それが一緒に罠に掛かることでも」

私は唸った。これは若くて、しかも特別にピュアな女性ならではの感覚ではないだろうか。このケースでは一般的には喜ぶ人の方が多いと思う。だが、彼女にとっては苺を沢山食べられることよりも、もっと大切な夢があったのだ。たとえ、それが一緒に罠に掛かることでも、か。この言葉には恋に対する想いの純粋さが溢れている。

勿論、男の子が不純だったというわけではない。彼は彼なりに初デートとその相手を大切に思って、赤いチューブを鞄に入れてきたのである。そこがなんとも気の毒だ。

私はこのエピソードの中に、恋愛の純粋さ、難しさ、残酷さ、面白さの全てが含まれているように感じた。誰も悪くないのにうまくいかなくなる恋の微妙さと若いカップルならではのピュアな不幸というものに胸を衝かれる。

「今だったらまた違うかも。彼の気配りを素直に嬉しく思えるかもしれない」と彼女も呟いていた。

★

年齢や経験によって恋愛の位相は変化してゆく。互いの恋愛キャリアのどんな場面で取り出されるかによって、一本の「コンデンスミルク」の意味が大きく変わってしまうのだ。経験を積むにつれて恋がうまくいくようになるかというと、そうとも云い切れないのが難しいところである。実感としては、困難の所在やかたちが変わってゆくだけで、決して楽になることはないように思える。

確かに、経験的な学習によって、恋のリスクを回避したり、互いの寛容さを期待できる場面は増えるかもしれない。だが逆に、経験や学習それ自体がネガティブな働きをすることも有り得る。恋に慣れた者（？）にとっての罠は、外界にではなく、むしろ自分自身の心の動きの中にある。自らの心が敵に回ってしまうのだ。

例えば、ついやってしまいがちなのが「タイプ分類」である。知り合ってまだ日の浅い相手のことを、「この人はあのタイプだな」と過去に照らして分類してしまう。このような能力は仕事の現場などでは有効なことも多い。素早く正確な他者の分類ができれば、それに基づく適切な対応が可能になるからだ。

だが、こと恋愛に関しては、逆に根本的な錯覚を生み出してしまうことがある。仕事上とは違って、プライベートの極致である恋愛では人間の個性が格段に深まるというか、大きな要素になってくるからだ。会社で同じようなスーツを着ているからといって私服も似ているとは限らない。早い段階でのタイプの決めつけは、無意識に相手の個性への敬意を欠いた言動に結びつきがちである。それは危険なことだ。「あのタイプ」と決めつけられて喜ぶ人間はいないのだから。

さらには「タイプ分類」の発展型としての「未来予測」。恋の時間が経過してゆくとき、「ああ、この流れだと次はこうなるな」という先読みの感触をもってしまうことだ。経験を積んだことによって、恋が始まる前から「この人と私だったらたぶんこうなってああなってそこでこうくるからこういくとああなって最後はこうなるな」と分かってしまう（ような気になる）のだ。このような予断がいい結果を生むことはない。先の「コンデンスミルク」の一件なども、初歩的な「未来予測」が招いた悲劇のバリエーションと云えるかもしれない。予測した流れが的中したのに、恋は成功しなかったのだ。

「タイプ分類」や「未来予測」の感覚が発達し過ぎると、目の前の恋愛に対する集中力は失われ、その喜びも半減してしまう。だが、それがわかっていても、経験が生み出す自らの心の動きを完全に封じるのは難しい。

そこで私はこのような弱点を逆手にとる新たな恋愛の形式を考えてみた。この人ならと思う相手をみつけて、「タイプ分類」や「未来予測」をフルに生かしたバーチャルな心の恋愛を仕掛けるのである。この場合のポイントは二点。相手もまた自分同様に高度な「未来予測」力をもっていること。それから現実の恋愛行動を起こさないこと。

白土三平の忍者漫画によれば、剣の達人同士は擦れ違っただけで「ム、できる」とわかるものらしい。そこからの数歩を静かに歩む間に、互いの心の中で激しい剣技の応酬がある。結果は相打ち。表面上は何事もなく左右に歩み去りながら、ふたりは「ウーム、おそろしい奴」と内心で相手を認め合う。あれの恋愛版だ。

「未来予測」の達人同士が出逢って、互いにその能力を全開にする。現実には指一本触れることなく、心の中で生々しい恋愛の駒を進めるのだ。こういうメールを投げたらこう帰ってきてあそこで御飯を食べてそのあとホテルへ誘うとああなってちょっと迷うとこうくるからこう受けて……。互いの心の中をはっきりと知っていながら、顔色ひとつ変えない穏やかな関係。そのスリルとエロス。実際には何も「始まらない」のだから、そこには倦怠期も浮気も有り得ない。永遠の前夜祭に心の火花を激しく散らし合うふたりは恋人同士ではなく、いつしか恋の戦友になる。

理想の男性像

女性のストッキングが伝線していることに気づいても、私は絶対にそれを口にしない。教えられた情報の有効性とは関係なく、それを伝えた男の評価は彼女のなかで必ず下がる、と信じているからだ。だから、嬉しそうに教えている男性をみると心配になる。それは行為としても格好悪いと思う。いや、より正確に云えば、ストッキングの伝線に「気づく」こと自体が格好悪いのだ。だが、気がついてしまうものは仕方ない。次善の策で、それを口にしないことに決めているわけだ。

私が格好いいと思うのは、その正反対のタイプ。つまり、女性のストッキングの伝線どころか、自分の頭から流血していても気づかないような男である。「お、おまえ、なんか、血、出てるぞ」と周囲のひとに驚かれて、「ん？」とぼんやり返すような奴をみると、心が震えてしまう。自分が理屈っぽいこわがりだからなのか、私のなかには昔から、そういう「わけのわからないワイルド系」に対する強い憧れがあるのだ。

いつだったか、知り合いの女性と一緒に食事をしているとき、彼女の携帯が鳴ったことがあった。ふたこと、みこと、話したあとで電話は終わった。

「誰?」

「Sくん」

「S?」

「うん」

「なんだって?」

「『今、東名を歩いてる』って」

「え、どういうこと?」

「よく、わかんない」

女の子は怒ったような口調で呟いて、そのあとは私が何を云っても上の空だ。

東名って東名高速か?「東名を(車で)走ってる」ならわかるが「歩いてる」ってどういうことだ。高速道路を歩いたりできないだろう。事故ったのか?

私の頭は高速で回り続けるが、さっぱり状況が摑めない。よくわからんが、しかし、なんか、そのわけわからなさが格好いいと思う。

しばらくすると、女の子は「ごめん、あたし、ちょっと行って来る」と席を立ってしまった。やっぱり、と私は思う。こうなるような気がしたんだよ。事情はわからないけど、とにかく彼女はロマンチックな厄介事に巻き込まれにいったんだろう。ワイルドでわけわかんない男（Sのこと）のトラブルに関わって振り回される方が、優しくてわけわかる男（私のこと）に夜御飯を奢って貰うより、ずっと楽しいのだ。いや、楽しいというのともちょっと違って、胸がきゅーんとなるのであろう。知ってるよ。そんなこと。行きなさい。行きなさい。行って雨にうたれて血と泥にまみれて罵って平手打ちして泣きじゃくって抱き合って、一度きりの命を燃やしてくるがいい。あとのことは気にしなくていいよ。デザートは君の分も食べてあげるから。私は怒りや羨望を通り越した静かなやけくその境地に達していた。

それ以前に、私は東名を歩いたSと一緒にお酒を飲んだことがあった。共通の知人の話になったとき、彼が口にした台詞を覚えている。

「あいつって、前歯が奥歯なんだよな」

前歯が奥歯……、なんのことだか全然わからない。だが、私は訊き返すのが悔しかったので、「そうそう」と強引に相槌を打った。何が「そうそう」なものか。私はSの台詞に呆れつつ、その滅茶苦茶さに心を奪われていた。むうう。そんな阿呆な台詞に感心するために歌人になったんじゃないぞ、僕は。勿論、S本人はなんとも思ってはいない。問い質してみても、そんなこと云ったっけ、と答えることだろう。

その後も、私はさまざまなワイルド系の男たちと知り合った。コンプレックスからか、憧れからか、ついふわふわとそういう連中に近づいてしまうのだ。ヨネクラという男がいた。何人かで遊ぶ約束をして、そのなかのひとりの部屋で喋っていると、バイト帰りのヨネクラが遅れてやってきた。そして、わりぃ、汗流させて、と云うなり、風呂場に入っていった。しばらくして、おかしな音が聞こえてきた。ん？　と思って耳をすますと……、歌だ。シャワーを浴びながら、ヨネクラが歌っているのだ。聞こえてるよ。聞こえてる。恥ずかしくないのか、こいつ。ドア一枚隔てたこっちで全員が聴いている状況で、気持ち良さそうに歌ってやがる。どういう自意識なんだ。

ふう、さっぱりした、と云いながら出てきたヨネクラが、お土産に買ってきた酒のつまみを開けると、それは小さな箱にぎっしり詰まった沢蟹だ。こ、こんなものどこで買ってきたんだ。

ちなみに私はと云えば、カラオケのマイクから逃げ回り、食べ物に関しては旅行先でもロイヤルホストやデニーズに入ってしまうような性格だ。本当はその土地ならではの店に入ってみたいのだが、ファミリーレストランの方が安心なのである。沢蟹にこわごわ手を伸ばしながらそう告白すると、ヨネクラは云った。だっせー。でも目は笑っていて、いいじゃないファミレス、俺好きだよ、ハンバーグ、とフォローしてくれる。そのいい加減な優しさに胸が熱くなる。ヨネクラ、待っててくれ。俺も、いつか必ず、そっち側に行くから。ファミレスを捨てて、東名を歩いて、シャワーで歌って、沢蟹食って、前歯が奥歯のワイルド系になるから。心のなかで固く誓った。

だが、それは茨の道だ。私は筋金入りのマイルド系である。中学生の頃、好きな曲をカセットテープに録音するときに最初がちょっと切れるんじゃないかと心配で心配で本気で苦しかった。音楽よりもそのことで頭がいっぱいになってしまうのだ。細かいことはどうでもいいと思うことができない。今でも、手に持った煙草の灰が長く伸びてるのに平気で喋ってるひとをみるとはらはらする。代わりにとんとんしてあげたくなる。煙草も吸わないのに心配している自分が情けない。

また、私には効率を無視するということができない。ただ電話をしているだけの時間が勿体なくて、途中で電気剃刀を使い出したことがある。うわっ、うるさいよ、なにやってんの、と相手に叫ばれた。髭、剃ってる、と云ったら、信じられない、と呆れられた。今考えても確かに失礼な振る舞いだった。すまん。同時にふたつのことをすると得をした気持ちになるのだが、これもワイルド系にはあるまじき感覚だと思う。

私の心を縛っている自意識、心配、そして効率。これらを突き詰めれば、命の惜しさ、勿体なさということにいきつくのではないだろうか。そのために自分の安全と損得のことが一瞬も心から離れない。これでは保身を忘れたセクシーなオーラを身に帯びることはできない。頭から流血していても気づかない境地などほど遠い。

安心を求めて旅先でもファミレスに入っていたら、当然、アクシデントというものには縁がなくなる。「東名を歩いてる」ようなことには絶対にならない。そこから生まれるドラマはいつも他人のものだ。アクシデントのリスクは拒否してドラマだけを取るということはできないのだ。考えれば考えるほど、煌めくワイルド界への道は遥かである。

しかし、千里の道も一歩からだ。まずは指からワイルド系にと思って、先日大きな指輪を買ってみた。ドクロの形が格好いい。だが、実際に指に塡《は》めてみると、それがそこにあることが気になって仕方ない。我慢、我慢、これに耐えているうちに、指先にワイルドな波動が生まれて、少しずつ全身にいきわたってゆくんだ。平成二十五年くらいにはアクシデントと流血が似合う男になっているだろう。セクシーオーラに包まれた自分を想像してどきどきする。格好いい。

だが、その夜、偶然通りかかった真っ暗な児童公園のなかで、私は怖ろしいものをみてしまった。ひとりの浮浪者がライターの火を掲げて新聞紙に近づけていたのだ。焚き火？　放火？　と思ってどきっとする。でも、すぐにそれが勘違いであることがわかった。ライターの火で、彼は新聞を読んでいたのだ。小さな炎に照らし出された横顔の真剣さ。その美しさ。究極のワイルド系を目撃してしまった私はそこまでの距離を思って気が遠くなる。無限じゃないか。

「似ている」事件

大学を卒業して会社に入ったとき、同期のなかにいいなと思う女の子がいた。Nさんというその女性はユーモアがあって、外見もキュート、おまけに彼女もなんとなくこちらに好意をもってくれているようだった。生涯に一度あるかないかのラッキーケースである。

私は彼女に対する好意を誰にも云わなかった。大事に大事に、順調なときほど慎重に、と唱えて自分の想いを胸にしまっておいたのだ。

そんな或る日、新入社員の男だけで飲みに行った席でのこと。当然のように同期の女性たちの話題になった。私がさり気なく、「Nさん、どうかな？」と水を向けると、みんなは一斉に「あ、あの子はいい」「気だてがいい」「可愛い」「所作が美しい」と云い出した。大好評だ。ふふん、僕は彼女と微妙にいい感じなんだよ、と内心得意になっていると、不意にひとりが云った。「でも、ヨーダに似てるよね」

衝撃が私を襲った。ヨーダ、って、あの、ヨーダ？　まさか、なんてことを、スター・ウォーズ、馬鹿な、でも、いや、似てる、ちょっと、かも。

そう、確かにNさんは微かにヨーダに似ていなくもない、というか、正確にはキュートさのなかにそのニュアンスが五パーセントほど含まれていたのだ。だが、それまでの私は彼女とヨーダの組み合わせを一度も考えたことが無く（当たり前だ）、完全に不意を衝かれたためにショックは大きかった。「似ている」という印象が直観的なもので、発言者に悪意がないことも、その衝撃を強めていた。

それにしても、仮にそう云われたのが今だったら、もう少し耐えられたと思う。この世には、蛙っぽい美人女優がいる。蛇っぽいスーパーモデルもいる。他にも、豚とか恐竜とか志村けんとか、一般に美からは遠いとされているもののエッセンスを微妙に含みつつ、それによって、逆に美しさが増している女性の例は幾らでも挙げることができる。今の自分は、お汁粉に微量の塩を入れることで逆に甘みが増すことを知っている。だが、大学を出たばかりの私にそのひと言はあまりにも重かった。

二〇〇三年の夏、友人の編集者沢田康彦さんと女優の本上まなみさんの結婚パーティに出たとき、ふたりの生い立ちを語ったビデオのなかで、本上さんの中学時代のあだ名はE.T.だったというエピソードが紹介された。その場の人々が一斉に驚きの声を上げるなか、私はひとり天を仰いだ。どうしてそれを二十年前に教えてくれなかったんだ。ヨーダ・ショックに喘いでいた私は、どんなにか勇気づけられたことだろう。

本上さんは首が長い。E.T.も首が長い。その一点において、本上さんとE.T.には確かに共通項がある。だが、そもそも首の長さとは美人の要素のひとつではないか。その共通性を拡大解釈したあだ名によって、本上さんの美しさは揺らぎはしない。無論、E.T.が美人になるわけでもない。どんなに首が伸びてもE.T.はE.T.だ。首の長さは美人の要素のひとつであって全てではない。もしもそれが全てなら、キリンは最高の美人になってしまう。

今ならはっきりと云うことができる。「ヨーダに似ている」と「可愛い」は両立する、と。同期の女の子とヨーダを結びつけたものは、「似ている」という言葉自体がもつ一種のトリックに過ぎない。そう、Nさんとヨーダは別人なのだ。

だが、二十年前の私には、そう見破るだけの知性と心の強さが欠けていた。

ヨーダに似ている？

Nさんが？

そんな馬鹿な、いや、でも確かに似ていると云えば似ていると云えば似ていると云えば……。

怖ろしい暗示の力によって、生涯でも稀なラッキーケースと信じた私の幸福感は揺らいだ。情けないことに、Nさんに対する気持ちが一気に盛り下がってしまったのだ。どうして私の態度が急に素っ気なくなったのか、Nさんには全くわからなかっただろう。

ひとを外見で判断するのは、或る程度は仕方がないと思う。だが、その判断の基準というか、根拠はあくまでも自分自身のなかにあるべきだ。そのときの私は最悪だった。酒席での他人のひと言の前に、自らの美の根拠を支えることができず、そこから生まれる筈だったふたりの未来を奪われてしまったのである。

「似ている」発言をした友達を恨むことはできなかった。それは逆恨みというものだ。だが、そのダメージは無視するには余りにも大きすぎた。動揺した私は一気にジョージ・ルーカスを恨んだ。おまえが『スター・ウォーズ』を作らなければ、この世にヨーダなんてものがいなければ、俺はNさんをずっと可愛いと思っていられたのに。責任者はおまえだ。

「似ている」のトリックの他に、この経験から学べることはなんだろう。そのひと言は、楽しい筈の飲み会の席で発せられ、私は完全に不意を衝かれた。始まりかけた恋のボルテージを一気に下げてしまうような「何か」は、予想もできないところで私たちを待ち伏せている。いつどこで牙を剝くかわからない、ということだ。

あれは大学一年のときだったか、バンドでドラムを叩いている女の子と仲良くなったことがあった。初めて彼女が部屋に遊びに来る前夜、私はベッドの下の「すっぴん」「べっぴん」「デラべっぴん」を全て処分した。みられて困るものはなくなった。そう思って安らかに眠りに墜ちた。

翌日、綺麗に片づいた部屋のなかで、私は冷たいジャスミンティーを彼女の前に置いた。それは当時の私にとって最高にお洒落な飲み物だった。それから、お互いのサークルの話で盛り上がる。楽しい時間の流れを破ったのは、彼女のちょっとした行動だった。会話の合間に、珍しそうに辺りを眺めていた彼女が、何気なく近くにあったカセットケースに手をかけたのだ。

まずい！

電撃のようなショックが私を襲った。あのなかには、サザンオールスターズと松任谷由実のテープがぎっしりと並んでいるのだ。

ドラマーの彼女にとって、音楽は殆どアイデンティティに近いだろう。確かバンド名は「冷凍バンビ」と云っていた。私は音楽には詳しくない。だが、いくら詳しくなくても、サザンとユーミンだけのカセットケースがまずいことはわかるのだ。つきあい始めた後で、トータルなキャラクターのひとつとして音楽の趣味が明らかになるのは仕方がない。だが、今ここで、それをみられるのは困る。困るんだ、と心のなかで叫びつつ、しかし、どうすることもできずに、私はただその場に固まっていた。

彼女の動きは素早かった。

カセットケースのなかをみるなり、一瞬で、ぱたっと蓋を閉じた。

それっきり手を触れようとしない。

私は冷や汗に濡れて、次のひと言を待っていた。

だが、彼女は何も云わない。

何もなかったかのように、目を細めて窓の外を眺め、ジャスミンティーを啜っている。

みなかったことにしてくれるのか。

ほっとした私は思わずこんなことを口走った。

「ほら、俺、音楽のひとじゃないからさ」

今、振り返ると、この云い訳がまた情けなくてがっくりくる。

「音楽のひとじゃない」ってなんなんだ。

弱い。

弱すぎる。

そのまま黙っているか、もしくは、「松任谷由実が好きなんだ」と素直に云えばよかったのだ。

私は不意打ちに弱い。

他人が作り出した価値観に弱い。

そうだ。

あのときも。

「似ている」の呪縛をはねのけて、「俺、Nさんが好きなんだ。可愛いじゃん」と云うべきだった。

「ヨーダもね」と。

性的合意点

初めて女性をホテルに誘おうとするとき、緊張する。

食事も終盤のデザートにさしかかる辺りでは、あたまの中はそのことで一杯になっていて、会話をしていても、ひとつひとつの反応が鈍い。私らしい個性というものが消えて、つるんとした受け答えになってしまうのだ。

女「ジャームッシュの新しい映画、なんだっけ？」
ほ「ああ、ジャームッシュの」
女「えーと」
ほ「なんだっけ」
女「『コーヒー&シガレッツ』か」
ほ「ああ、うん、『コーヒー&シガレッツ』」
女「あれみた？」
ほ「あれ、うん」

女「みたの？」
ほ「みた」
女「よかった？」
ほ「よかったよ」

ロボットのオウムが喋っているようだ。オウム・ロボットにできるのは、相手の言葉を適当にコラージュしたオウム返しまで。「自分の考え」や「別の視点」などを提示するのは無理だ。従って、あまり長時間、この場を任せてしまうのは危険である。だが、しばらくは時間を稼いで貰う必要がある。その間に、私の本体（？）は彼女の様子を窺って、その意思を読み取ろうとする。が、これが不思議なほど摑めない。

異性とふたりで食事をしていたら、多少なりとも「その先」のことを考えない筈はないと思うのだが、彼女は会話にきちんと集中できていて、オウムの影もみえない。

セックスのことなど全く念頭にないようにみえる。

どういうことだ。「その先」のことを考えているのは、私だけなのだろうか。溢れそうなのは私だけか。全くその気のない相手をうっかり誘って、ええっ、そんなこと考えてたんですか、びっくり、と驚かれるのは嫌だ。

とはいえ、こちらからなんらかの意思表示というかシグナルを出さないと、「その先」へは進めない。十代の男女の間ではどうか知らないが、少なくとも私の生活圏では、二十一世紀の今も性的な働きかけは基本的に男性側からということになっている。それをどこまで受け入れるかは女性次第である。できれば事前に相手の意思を読み取って、我が身の安全を確認してから行動を起こしたい。絶対OKの確信が持てれば、にっこり笑って、さ、行こうか、という大胆な誘い方も可能になる。

だが、今、目の前でジム・ジャームッシュの映画について語っているひとの心が全く読めないのだ。一歩を踏み出すのが怖ろしい。

ごめん、そんなつもり全然なかった、と云われたら、さぞ痛かろう。でも、もしも相手も「そんなつもり」だったら、ここでびびったために機会を逸することになる。でもでも、本当に「そんなつもり」だったら、少しはシグナルを出してくれそうなものではないか。それが全くないということは、やはり「そんなつもり」は皆無なのか。シグナル、シグナル、シグナル、みえないシグナルを求めて呼吸が浅くなってしまう。

いっそ男らしく、ホテルに行こうとか、セックスしようとか、おまえが欲しいとか、云うべきだろうか。その勇気に免じて運命の女神が微笑むかも。いや、現実は本宮ひろ志の漫画とは違う。そんなに甘いものじゃない。商店街のスタンプカードのスタンプが貯まってないのに、一等の景品に替えてくれ、と云っても通用するものではない。わしゃあ、あの自転車が欲しいんじゃ、まっこと綺麗じゃあ、とどんなに男らしく坂本龍馬っぽく云っても駄目なものは駄目なのだ。

女「トム・ウェイツは？」

ほ「トム・ウェイツ」

女「出てるんでしょう」

ほ「出てる」

女「本人の役で？」

ほ「本人の役で」

オウムなりに頑張ってはいるが、そろそろ限界だ。上の空な会話がこれ以上続くと、根本的な評価を下げることにもなりかねない。せっかく貯まったスタンプが無効になってしまう。有効期限切れになる前にアクションを起こさないと。だが、どうやって。

こんなとき自分がラテン系ならよかったと思う。よく知らないが、ラテン系の男性は、うまくいってもいかなくても、あとにしこりを残さないような誘い方ができるらしい。よく知らないのにそんな風に思うのは、人種差別だろうか。2メートルの日本人がいるように、女性の前で固まってしまうイタリア人もいるのか。

いずれにしても、私はラテン系ではない。実はおまえの体にはラテンの血が流れてるんだよ、と突然母親に云われたら驚くだろう。そんな気は全然しない。どう考えても私はモンゴロイド。モンゴロイドはモンゴロイドなりにベストを尽くすことを考えよう。そう思って、ジャームッシュからアルモドバルに話題を転じた相手の顔をみつめる。

この笑顔の「その先」は行き止まりなのか。それならそれでもいい。とりあえず、ぎりぎりの地点までは進みたいと願う。それが食事なら食事まで、手を繋ぐなら手を繋ぐまで、キスならキスまでということだ。

嫌な相手とふたりで食事をすることはないだろう。だが、嫌でないとセックスしてもいいの間には深い溝がある。問題は自分のスタンプカードの貯まり具合がわからないことだ。「ふたりで食事」までしかスタンプが貯まっていないのなら、これ以上駒を進めるべきではない。

こういう場合、女性の意思はどれくらい可変なのだろう、とも思う。こちらの態度や誘い方やその日の天気や月齢やイチローの打撃結果によって、行き止まり地点は変化するのだろうか。それとも、食事に誘われた段階で予め確定していて微動だにしないものなのか。5のつく日はスタンプ2倍とか、あるのだろうか。

現時点での私の結論というか、戦略は、食事の後にまず散歩に誘うというものだ。云うまでもなく、これは純粋な散歩ではない。散歩を装ったセックスへの助走のようなものだ。それを敢えて散歩と呼ぶことで活路が開けるのだ。セックスを「休憩」と云い替えることで開ける道があるではないか。あれのより高度で繊細なバリエーションである。

食事から散歩への移行は自然。散歩から手を繋ぐへの移行も自然。手を繋ぐからキスへの移行も自然。自然、自然、自然だ。

しかも、最初に散歩に誘った時点で相手に選択権を与えることができる。「あ、今日はちょっと」と女性が答えれば、そこで事態ははっきりする。「あ、じゃ、また今度ね」と、大人しく帰ればいい。後にはベストを尽くした清々しさが残るだろう。

嗚呼、だが、何ということか。過剰な自意識とぱんぱんに張りつめた欲望によって「散歩しない？」のひと言をすんなり口にすることができない。焦りながらもごもごと舌をもつれさせていると、店を出た瞬間に、すらっと相手に云われてしまう。

「駅、どっちだっけ？」

目の前がまっ暗になる。もう駄目だ。いや、本当は「もう帰るの？　ちょっと散歩しない？」と返してもいい筈なのだ。だが、「純粋な散歩ではない」後ろめたさからか、咄嗟にそれが出てこない。

「あ、駅、あっちかな」と思わず指差してしまう。

え、今の、俺か？　この口が云ったのか？　なんてことを。それを云ったら「終了」じゃん。自らの言葉によって、全身の力が抜けるような絶望感を味わう。
夢は終わった。

次の恋人

「魔球だの何だのありえない技にあこがれないこと。ありえない技に逃げるその精神の弱さが問題だ」『エースをねらえ！』

恋人が年上、年下、年上、年下、と交互に変わってゆく女友達がいる。年上の男とつきあってうまくいかなくて別れる。その経験を踏まえて、もしくは単なる反動で次は年下にいく。うまくいかなくて別れる。やっぱり年下は駄目と確信して年上に戻る。この繰り返しによって、年齢のジグザグ現象が生まれるのだ。

また別の知人は、毎回、相手の容姿や性格や職業をダイナミックに変化させて、様々なタイプの異性と幅広くつきあっていた。彼女から新しい恋人を紹介されるたびに、今度のは「さわやか」だな、とか、「金持ち」か凄いなあ、とか、おおっ「熊」、とか、心のなかで感想をもったものだ。

だが、そんな彼女の足が止まる日が来た。どんなタイプとつきあっても長続きしなくて、とうとう投げる球がなくなったらしい。もう、恋愛はいいや、と本人も弱音を吐いていた。ところがその数ヶ月後に、突然、結婚したのである。相手は長年彼女につきまとっていたストーカーだという。うーん、最後は「ストーカー」か、と思って驚く。

親の云いつけに従って顔も知らない相手と結婚したという昔に較べて、お互いの合意があれば、誰とでも恋やセックスや結婚をしてもいい、という時代は恵まれている。だが、その恵みによって、それまでにはなかったような新たな困難が発生した。職業選択の自由が自己実現へのプレッシャーを逆に高めたように、恋愛の自由が関係性の実現と継続への道を狭めたところがあると思うのだ。

「今から思えば、性格は二番目につきあったひとがよかった。ルックスは四番目のひとで、収入は六番目、ギャグの面白さは最初の恋人なんだけどな」

電車のなかでＯＬらしい女性がそんな風に語っているのを聞いたことがある。実感なんだろうけど、でも、それらの恋人たちの長所を合体させて「ひとり」にはできないのだ。いや、そんな風に人間を要素別に捉える意識は既にどこかが狂っている。本来は、どんな人間も分解できない丸ごとの「ひとり」なのだから。

しかし、余りにも自由な恋愛世界では、丸ごとの「ひとり」と「ひとり」がきちんと向き合って、地道に関係性の構築を行うことが逆に難しいのだ。

「総合点では三番目のひとだから、彼よりいいひとが現れたら結婚したい」

気持ちはわかるけど、現れなかったらどうするのか。運良く現れても、自分が同じように相手にとっての自己ベスト（？）になれるとは限らない。

私たちは多かれ少なかれ「理想の自分」や「理想の恋人」や「理想の恋愛」についてのイメージや欲望をもってしまっている。そして、恋愛に対する期待値が高まれば高まるほど、現実に成就する可能性は低くなる。「選択と行動の自由」と「理想の高さ」の組み合わせは、限りなく「わがまま」に近づいていくからだ。

過剰な期待に充ちた「わがまま」な人間同士のコミュニケーションは難しい。恋の始まりの一瞬はうまくいっても、時間の経過とともに、針の先っぽのようなふたりの合意点は簡単にずれてしまうのだ。恵まれた環境で育った私たちのセンサーは、そのずれを鋭敏に感じ取る。しかし、根気強く修正し続ける力は弱まっている。不満と不安でいっぱいの「わがまま」なふたりが関係性を維持することは難しい。恋は壊れる。

次の恋も、その次の恋も壊れる。

そのような状況では、正しい道というものがよくわからなくなる。年上、年下、年上、年下、という繰り返しは、過去の経験を踏まえた前向きな行動か、それとも単純過ぎる逃避なのか。ストーカーと結婚するのはユニークな逆転の発想か。いや、恋の自爆テロだろう、と思いつつ、でも、現に彼女は「彼」と仲良く暮らしている。私も紹介してもらった。

妻「このひと『ストーカー』だったの」

夫「そうなんです。よろしくお願いします」

そうなんです、って……。いや、こちらこそ、ともごもご呟きながら、私はもはや何が正解かわからなくなる。

自分の経験を振り返っても、恋人とのぐちゃぐちゃの関係性に疲れて恋愛がひどく難しいもののように感じられたとき、次は外国人女性とつきあいたい、と思うことがあった。言葉の通じない外国のひととなら、うまくいくのではないか？

もしくは、記憶喪失のひと。波打ち際に倒れていたそのひとは、自分の名前も思い出せないまま、毛布にくるまって震えている。温かいミルクを手渡して、「ありがとう」と云われるところを想像して興奮する。彼女こそ、運命の人に違いない。

もしくはもしくは、異星人かアンドロイドか「時をかける少女」とつきあいたい。

これは前述の「さわやか」「金持ち」「熊」などへの投げ分けの幅をさらに大きく宇宙レベルに広げる作戦だ。

いや、それとも単なる逃避だろうか。そうなんだろうな。次の恋人に特殊な相手を夢みることは、恋愛のコミュニケーション地獄から脱出したい、「ひとり」と「ひとり」の地道な関係性構築の努力を放棄してひと思いに楽になりたい、という心の表れだと思う。これは煩雑な日常生活に煮詰まったひとが思い立つ「語学留学」や「羊飼いになる夢」のようなものだ。だが、私の発想はなかなかそこから出ることができない。

喫茶店に入ると、必ずウエイトレスを目で追ってしまう。あるとき、後輩と一緒に入った店で、注文を取りに来たウエイトレスの足首に包帯が巻かれていた。どきっとする。この娘は本当は鹿なんじゃないか、と閃《ひらめ》く。あの包帯の下は猟師に鉄砲で撃たれた怪我に違いない。

後輩が呆れたように云う。

後「鹿って、なんで、そんな話になるんですか」

ほ「だって包帯が……」

後「普通に脚を挫《くじ》いたとか思わないんですか」

ほ「思わない」
後「どうして」
ほ「ロマンチックな性格だから」
後「誰が」
ほ「僕」
後「ほむらさん、彼女をみないで包帯ばっかりみてるじゃないですか」

こいつは、と私は思う。何もわかっちゃいない。僕はちゃあんとみているのだ。
そのとき、包帯のウエイトレスが珈琲を運んで来る。
私は彼女の胸の名札を凝視する。
「山内」
そうかあ、と思う。
鹿は「山内」って云うのかあ。

好意の数値化

喫茶店などで、隣席のカップルの様子に興味をもつことはあまりない。彼らがラブラブだろうとリラックスしていようと退屈していようと、私には関係がないのだ。ところが、ふたりがなんとなく険悪な雰囲気というか、喧嘩っぽいモードになっていると、急に気になり始める。

何を怒ってるの。うんうん。うわ、そんなことしたんだ。恋人の妹にちょっかい出すなんて。最悪。うんうん。でも、ちょっとわかるかも。姉妹といっぺんにつきあうなんてどきどきするじゃん。彼女ももうちょっと落ち着いて話をきいてくれればいいのにね。本当に好きなのはおまえだけだ、って云った方がいいよ。などと心のなかで双方にランダムな相槌をうちながら、さらに詳しい状況を把握するために聞き耳をたてる。

男女がふつうに静かに話しているだけで、そのような喧嘩モードと同じくらいこちらの興味をひくケースもある。それはふたりが敬語で喋っている場合だ。明らかに仕事上の打ち合わせなら、ああ、そうか、と思ってすぐに納得する。だが、プライベートな関係らしいのに、互いにどこかぎくしゃくした敬語を使っていると、なんだか気になってくる。

彼らはまだ男女の関係性の着地点を見出していないのだ。まだやっていない男女には特有のオーラというか、緊張感がある。そのスリルが観客(私のこと)の気持ちを惹きつける。どの辺りに関係性を着地させたいのかについての、男女の意図と駆け引きに興味があるのだ。着地点は果たしてどこになるのか、自分なりに予測したくなる。

敬語は敬語でも、とろけるように甘やかな敬語というものがあって、これはもう相思相愛が明らかだ。丁寧な言葉を使っていても、そこにはカップルになる直前の、今にも結ばれそうな波動が充ちている。それはそれで微笑ましいものだが、こちらの好奇心は収束に向かう。互いの意図にズレがなく着地点が明らかなのだ。私の出番はない。いや、出番はもともとないのだが。

当然ながら、敬語のふたりがすべて相思相愛というわけではない。多くの場合、男女間では関係性のニーズについてのズレがある。どちらかがより強く相手を求めている、とか、求めているものの内容が違う、とか。

本人たちは互いの胸のうちを探り合うように話を進めているつもりだろうが、第三者からみると、彼らの意図及びそのズレは案外素通しだったりする。ふたりの名前も年齢も性格も職業も知らなくても、テーブルを挟んだ姿勢をみるだけでわかってしまうことすらある。男性が前のめりになって熱く語っているのに、女性は思いっきり身を引いている。あーあと思う。明らかに相手がうんざりしているのにも気づかず、男はますます燃えるような熱意を示し続ける。「彼女、帰りたがっている。可能性ゼロ。諦めるべし。善意の市民より」というメモを回してあげたくなる。

好きじゃないものや興味がないものに対する態度は、女性の方が冷酷で迷いがないようだ。裏返すと、女性側に敬意や愛情があればすぐにそれとわかることが多い。好きな男の話をきいているときの目はきらきらしている。頷き方にも強い熱意がこもっている。

そんなとき、相手の男が冴えないおじさんだったりすると、どうして？　と思って謎を解明したくなる。このおじさんのどこに女の子の目をきらきらにする力が秘められているのだろう。しばらく聞き耳をたてたのち、ああ、そうか、このひとは女の子の専攻する分野で優れた仕事をしているんだとか、自分なりの理由をみつけて納得する。

隣のカップルのことはこんなによくみえるのに、いったん自分が当事者の立場になると急に状況が読めなくなる。ふと気づくと、私はテーブルにぐいと身を乗り出している。そして相手は、ぴったり背もたれに張りついているじゃないか。これはあれだよ。「善意のメモ」のパターン。ショック。

いっそのこと、お互いに対する好意が数値でおでこに表示されればいいのに、と思う。相手のおでこをみて「12点」なら（100点満点で）、それこそ無駄なあがきをせずに諦めることができる。こんなににこにこしてるけど、この娘にとって俺は「12点」なんだと思えば、無駄な希望や余計な幻想を抱くことなく撤退できる。

逆に「91点」とかなら、やった！　と素直に喜ぶことができる。不毛な腹の探り合いをすることなく、すんなりことが運ぶはずだ。いや、待てよ。そうとは限らないか。その娘がもともと全人類に好意的な性格だったら「91点」でも安心はできない。学生時代のテストと同様に、いくらいい点をとっても平均点がもっと高かったら意味がないのだ。例えば、彼女の平均的な好意が「95点」だったら、私は相対的には嫌われていることになる。その点をはっきりさせるためには、そうだ、おでこの表示に好意点のほかに平均好意点の項目があればいい。

好意　48点
　　　64点

好意
平均

　どうだろう。これなら自分の得点である「64点」の位置づけが、はっきりわかって安心だ。平均よりもだいぶ好かれている。すぐにつきあえるほどではなさそうだが、ここからさらに加点を狙っていけばいい。

　さらに使い勝手をよくするために、前々章で話題にした「性的合意点」へのアクセスを考慮して性欲ポイントの表示も追加してみよう。

好意	64点
平均好意	48点
性欲	27点

あれ、これはなんか微妙だな。逆に難しくなってしまったような。えーと、平均よりも好かれてはいるが性欲ポイントが低い、ということは、つまりこの女性にとって俺は単なる「いいひと」ってことか。がっくり。いや、でも結果はともかく、置かれた状況がひと目で正確に理解できたのはやはりいいことである。誤解に基づく行動に出て面倒を起こしたり、傷ついたりしなくて済む。このシステムはいけるのではないか。

あ、でも、相手だけじゃなくて自分のおでこにも点数が出るのか。例えばこんな風に。

好意　78点
平均好意　65点
性欲　93点

これをみた女性はどう思うだろう。平均よりも好いてくれてはいるけど、どうしてこんなに性欲点が高いの、と思って眉根に皺が寄りそうだ。躰が目当てなの？　でも、好意点もけっこう高いし、うーん、とか悩むんじゃないか。もっと項目を増やした方がいいのだろうか。でも、そうするとさらに「読み」が複雑になってしまう。おでこのスペースにも限りがあるし。迷うところだ。

いっそのこと、点数という発想自体を捨ててシンプルに順位が出てくるというのはどうだろう。お互いのおでこに「1位」が表示されていたら完璧な相思相愛だ。これ以上わかりやすいものはない。

ああ、ただ、今度はつきあいだしてからが大変だ。「1位」でスタートした自分が「3位」とか「6位」とか「14位」とか、墜ちてゆくのは怖ろしい。薄々わかっていても、はっきり数字でみせられるとショックが大きいだろう。逆に、別れたいときは話が早い。おでこをみせるだけでいい。「91827位」とかみてしまったら、相手は力尽きるだろう。

とりあえず、自分が「1位」のうちに恋人に「前髪を下ろして。そして僕の前では二度と上げないで」とお願いしよう。そうしたら、「1位」の残像を心に焼きつけて、その先の日々を生きていけるから。

馬を洗はば馬のたましひ冱ゆるまで人恋はば人あやむるこころ

塚本邦雄

一次会の後で

飲み会の後で、店の前の路上に溜まってだらだらと話していることがある。通行人の迷惑だ。二次会に行くなら、さっさと移動すればいい。行かないなら、電車があるうちに帰ればいいのだ。ところが誰も次の行動に移ろうとしない。はっきりしないいま、いつまでもうだうだしている。

私はお酒が呑めないし、二次会に行ってまた同じようなことを繰り返すのはかったるいと思う。でも、このまま帰るのはなんだかさみしい。帰りの電車に乗ってしまったら、「今日はここまで」ということが確定してしまうのだ。

今日の飲み会の「可能性」って、ほんとにこれで全部なのか。もっと思いがけないこと、ラッキーなこと、ときめくことが、起こるんじゃなかったのか。

ガードレールに凭《もた》れたり、しゃがんだり、思い思いのスタイルで、みんな、くつろいでいる。誰もが心のままに自然に振る舞っているようにみえる。外からは、私もそんな風に楽しんでいるようにみえるのだろうか。

でも、心のなかは違っている。

何か、もっと、こう、胸が、きゅーっとなるようなことがある筈じゃないか。そう思って焦っているのだ。

何か、もっと、って具体的に何が起これば満足なのか。

それは……、今日という一日が始まったときには考えもしなかったような「思いがけない良いこと」だ。

名前しか知らなかった女の子と初めて話してみたら盛り上がって特別な空気が生まれる、とか、ふたりだけの親密なサインを投げ合う、とか。前から気になってたんだ、とか。このまま抜け出しちゃおうよ、とか。

だが、そんなことは起こらない。どれひとつとして起こらない。

Kちゃんとこうなりたい、とか、Fさんとああなりたい、とか、対象や目的がはっきり絞られているわけではない。それならそのための具体的な働きかけをすればいい。

私にあるのは、もっと曖昧で甘酸っぱいもやもやした期待なのである。自分でも思いがけない、という意外性がその命。でも、自分でも思いがけないときめきを自分で呼び寄せるには、どうすればいいのだろう。

飲み会の間中、理屈っぽい後輩男子の話に根気強く相槌を打ちながら、今、この瞬間に、風向きが変わって、「思いがけない良いこと」が起こらないかなあ、とぼんやり思い続けていた。

だが、何も起こらない。

起こりそうな気配もない。

鍵の掛かったドアに触る前から、それが開かないってわかることがある。あれはどうしてなんだろう。

それとなく周囲の様子を窺ってみる。みんな楽しそうだ。でも、普通の楽しさだと思う。私はそれ以上を望む。だから、ちっとも楽しくない。

一次会は終わった。

このままでは埒《らち》があかない。

そう思った私は、路上のうだうだタイムのなかで、女の子たちにさり気なく「←」を投げてみる。「←」とは異性に対する一種のシグナルであり、微妙に気を惹くような言葉や振る舞いのことだ。

でも、私の放った「←」に対して、くっきりとした「→」はひとつも返ってこない。明らかに温度差があったり、はぐらかされたり、全くの無反応さえある。お、俺の「←」が闇のなかに吸い込まれちゃったよ。

自分の好きな映画について熱心に語っている男が、女の子から好意的な「→」を、しかも複数貰っている。それほどレベルの高い意見でもないのに何故？

まさか、こいつのトークが「←」性を帯びていないところがうけているのか。センスのいい私の発言の実体が異性への「←」に過ぎないことを、女子特有の嗅覚でかぎ分けているとでも？

不安。でも、どうしていいかわからない。

これ以上「←」を投げると意図を見透かされそうで恥ずかしい。といって、誰かに正面から愛情を伝えたいってことでもない。勇気がないんじゃなくて（ないんだけど）、そんな気持ちはもともとないのだ。あるのは、もやもやした期待。

どうして誰も僕と甘酸っぱさを分け合ってくれないのか。誰だか知らないけど、どういうつもりなのか。永遠に生きるわけじゃないんだぞ。

もう帰っちゃおうかな、と思う。

さみしいような、もったいないような気がするのは最初だけだ。駅に向かって、実際に歩き出せば、すぐにモードが切り替わるだろう。もやもやも消えてゆくだろう。

これ以上ここにいたって何も起こらない。時間の無駄だ。

「俺、帰るよ」

「えぇー？」

周囲から思いがけない声があがる。

ぱっと嬉しくなる。

何、俺にいて欲しいの？

じゃ、もっと、引き留めてくれよ。

もっと強い「→」で。

できればKちゃんかFさんの。

そう思っていることを悟られない程度に、微妙な間を置いてみる。

が、「ええー？・」の後、早すぎるタイミングで「気をつけてね」「またね」とかぶせられてしまう。しかも、KちゃんとFさんに。

がっかりしているのを顔に出さないように、「じゃあ」となるべく爽やかに手を挙げて、私は歩き出す。その場に残る気なんかゼロだったように。

胸が痛い。

ほとんど物理的に痛い。

今日という日の「可能性」が終わってしまう痛みだ。

駅が近づくにつれて、少しずつ気持ちが落ち着いてくる。

でも、まだ心の一部分で期待のレーダーが回っている。

「思いがけない良いこと」の匂いをしつこく探っているのだ。

うぃんうぃんうぃんうぃんうぃん。

後ろから、足音が聞こえないか。

誰か、来るんじゃないか。

「待って、あたしも帰る」と息を切らして。

「よかった、追いついた」と微笑みながら。

待って、待って、待って、待って、よかった、よかった、よかった、よかったのエコーがあたまに鳴り響く。

だが、来ない。

誰も来ない。

誰も。

ゆっくりとホームに滑り込んで来た電車が、私の前で眩しい口を開く。

料金所の女神

数年前の或る夜のこと。

いつも利用する外環高速道の入口を抜けるとき、料金所のひとが若い女性だった。「そこ」にいるのはおじさんかおじいさんだと思い込んでいたので、車の窓を降ろしながら、はっとする。え、女の子？　こんな夜中に？　と思いながら、五百円玉をひとつ渡してレシートを貰う。

ゲートを抜けて再びアクセルを踏みながら、今の出来事を考える。このインターをたぶん数百回は利用している筈だけど、あの箱のなかにいるのはいつも年輩の男性だった。いや、ここに限らず日本の高速道路の門番はみんなそうである。女性っていうのは初めてだ。何かシステムが変わって、これからはそうなるのかな。

ところが、数日後にまたそこを通ると、料金係はおじさんに戻っていた。その後も、おじさん、おじいさん、おじいさん、おじいさん、おじさん、おじいさん、おじさん……現在に至るまで女性の影もない。ただ一度きりの、あの女の子はなんだったたんだろう。

彼女のことをときどき思い出す。思い出すといっても、顔も髪型も記憶にない。ただ、「こんばんは」という声とそこにあった筈の笑顔を限りなく眩しいものとして想像するのだ。

あんな真夜中にあんな小さな箱のなかに入って、彼女は何をしてたんだろう（いや、お金を受け取っていたのだが）。箱の窓からこちらに向かって伸ばされた腕の、産毛が月光に煌めいていた、きらきらと……、馬鹿な、私はそんなものをみてはいない。みていないものをありありと思い出すなんて。

例えば、過去に実際につきあったガールフレンドのことを、そんな風に思い返すことはない。普通に今頃どうしてるかなと考えるだけだ。それなのに、一度だけ微かに指先が触れ合った（料金受け渡しの際に）相手のことを、そんなにも思い続けるのは不公平というか、バランスが狂っている。でも、わかっていても修正することができない。料金所の女の子がいったいなんだというのか。

ときは流れて、西暦二〇三六年の満月の夜。

同じ高速道路の入口で私は彼女と再会する。

「会いたかった」

「私も」

「きみも？」

「ええ」

「不思議だ。きみはあのときとちっとも変わらないようだ。僕は、こんなに年をとったのに……」

彼女は無言のまま、静かに微笑んで小さな箱から足を踏み出す。

私は助手席のドアを開ける。

華奢な躰が、月光とともに滑り込んでくる。

「ほら」

彼女が笑いながら私にみせたのは、両手に溢れるほどの五百円玉だ。

私のような性質の人間は、女性を自分の脳内で勝手に女神にしてしまう。そのためのきっかけは世界の至る所にある。

例えば、真夏のハンバーガー屋にひとりでいたときのこと。隣席にカップルが座っていた。男性は日本人で女性は外国のひとだった。

男性はお腹が空いているらしく、大きなハンバーガーにかぶりついている。みるみる食べ終えて、アイスティーを飲み、一息ついた彼に向かって、彼女は微笑みながら、こう云った。

「エブリシング・イズ・フィニッシュトゥ？」

全身に電流が走る。

それは、食べ終わった？　とか、もういいの？　というくらいの意味だろうか。だが、私の耳には女神の呪文のように響いてしまう。ふたりが店を出た後で、私は無表情のまま何度も呟いてみる。

エブリシング・イズ・フィニッシュトゥ？　エブリシング・イズ・フィニッシュトゥ？　エブリシング・イズ・フィニッシュトゥ？　エブリシング・イズ・フィニッシュトゥ？

或いは、初対面の女性に名刺を貰ったとき、それが「小谷真由実」とか「高田泉」とか「森川美奈」だったりすると、どきっとする。

このひとこそ、運命の女神なんじゃないか。何故なら名前がシンメトリーだから。そこには何か神秘的な意味がこもっているような気がするのだ。

このままエスカレートすると、いつか、自分の名前をアルファベットにして、それを並べ替えて作り出した女性名をグーグルの検索窓に打ち込んだりするかもしれない。運命の人を探すために。

まだしてません。

それはもうロマンチックという範囲を超えている。

わかっている。

まともじゃない。
でも、今日も私の視線はサーチライトのように女神を探し続ける。
真夏に長袖を着ているひとをみるだけで、おっと思う。
本屋で同じ本に手を伸ばしたひとに、おっ。
電車のなかで立ったまま林檎を齧っていたひとに、おっ。
足首に包帯を巻いたウエイトレスに、おっ。
額に痣《あざ》のあるひとに、おっ。
「食べはります？」と訊いてくれたひと（関西弁＋敬語がポイント）に、おっ。
絵本のなかのかぐや姫に、おっ。
雪女に、おっ。
世界は女神に充ちている。

結局のところ、自分は女性とのまともな関係を求めてはいないのかも知れない。そう思う。超越的な可能性の方を、それよりも遥かに重視しているようだ。女は女神、その笑顔は別世界への窓。そんな風に思い込みたいのだ。
高速道路の入口で彼女をみたとき、五百円玉と一緒に電話番号のメモを渡したら、どうなっていただろう。まあ、相手にされないだろう。

だが、万一、ことがうまく運んだらどうか。その子は女神であることをやめて「現実のガールフレンド」になってしまう。嬉しい。でも困る。私には西暦二〇三六年の女神が必要なのだ。
折角のミステリアスな名前も、苗字が変わったら台無しだ。穂村真由実、穂村泉、穂村美奈……。駄目だ。僕は貴女を愛している。でも、結婚できないんです。シンメトリーが崩れちゃうから。

高速道路のみずたまりに口づけてきみの寝顔を想う八月　　　穂村弘

心の地雷原

「ボクなんか進歩的な考えかたの持ち主だからさ。男どうしのその……エッチとかもさ」

「あぁッ残念!! 惜しかったデセなァ」

「は？」

「〝エッチ〟って言葉を使うヤツは男女問わず全ッ然ダメデセ！」

「え!! そんな……」

「せめて〝セックス〟と言っておればワラシは君のすべてを受け入れたのに……」

『ワガランナァー』


十数年前のこと。新入社員研修の打ち上げの席で、私は同期のマエダくんとチサトさんと一緒に楽しく話をしていた。三人とも忌野清志郎のファンで盛りあがったのだ。

特に熱心だったのはチサトさんで、「キヨシがキヨシが」と繰り返しながら、清志郎への愛を語り続けていた。

そろそろお開きという時間になったとき、突然、マエダくんが思い詰めた声で云った。

「キヨシロウのことをキヨシって云わないで」

チサトさんは驚きのあまり目を見開いた。

私は「マエダくんは飲み会の間中ずっとそれを云いたくて我慢していたのか」と思って、そのことが怖かった。

チサトさんにとっては長年なんの疑いもなく「キヨシロウ＝キヨシ」だったのだ。しかし、マエダくんにとって「ロウ」の省略は許し難い冒瀆《ぼうとく》だったのだろう。

このようなギャップは感覚的なものだけに、埋めることが難しい。

自分では当然そうだと思っていたり、自然に行っていることが、他人にとっては決定的にNGというのは怖ろしい。好意をもっている相手の地雷を踏むのは怖ろしい。

特に恋愛の始まりの場面などでは、それは致命傷になりかねない。お互いの心の周波数を探り合うような段階では、微妙な共感やささいな食い違いが関係性の構築に大きな意味をもつからだ。

恋愛の初期段階で食い違うようでは、仮にそこで地雷を踏まなくても、いつかは踏んでしまうだろう、という予測はたぶん正しくない。最初さえうまく切り抜ければ、心を開きあった後のふたりの周波数は徐々に合っていくものなのだ。

チサトさんは、「キヨシロウ＝キヨシは絶対許せん」のマエダくんではなく、「キヨシロウ＝キヨシもまあ別にいいかな」の私と、その後十年近くもつきあうことになった。それだけの理由ではないだろう、と思いつつ、案外あのきっかけが全てだったのかも、と顧みて運命の怖さを感じる。

何年生きていても、どんなにコミュニケーションのスキルが上がっても、このようなリスクを完全に回避することはできない。私たちは常に他人の心の地雷原を歩いているのだ。

つい先日も、何人かでお茶を飲みながらケーキを食べているとき、そのうちのひとりがこう云った。

「デザートを食べてるとき、『甘くなくておいしい』っていうひとがいるけど、あれ、変ですよね。だって現に甘いものを食べたくて食べてるのに、そんな云い方ってなんか傲慢じゃないですか」

そのとき、私はまさにそのセリフを云おうとしていた。汗ばみながら「それ」を飲み込む。間一髪。地雷の上に足が乗っていたのだ。私は恐怖でしばらく身動きすることができなかった。

本当は素直に「あ、今、それ云いそうだった」とでも云った方が、逆に好感度がアップしたのかもしれない。

さらに、「『甘くなくておいしい』っていうのは、実際にはたぶん甘さの度合いのことじゃなくて質についての感想なんだけど、甘さの質についてきちんと言葉で表現するのは大変だから、つい単純化してそう云っちゃうんじゃないかな」などと説明するのが大人の対応なのだろう。

だが、咄嗟にそんな風にはなかなか云えるものではない。他人のNGに対してはやはり動揺してしまう。

私自身が他人に感じたNGについて考えると、十年ほど前に知人から貰った年賀状を思い出す。印刷された文面の最後に自筆で添えられていたひと言はこうだった。

「今、イルカに夢中です」

うーん、と思う。

実際にイルカが好きになるのは全く構わない。イルカの写真集を買ったり、ダイビングで一緒に泳いだり、自宅のプールに飼ったっていい。

だが、この「言葉」には違和感を覚えた。おそらくは「イルカ」と「夢中」という単語の組み合わせが、私のなかで、なんというか、食べ合わせのように危険な化学反応を起こしてしまったのだ。この「言葉」に反応して彼女に好意をもつひともいるだろう。だが、私は、ちょっとこれは、と思ってしまった。

NGワードがあるように、行動のNGというものも存在する。

以前にも書いたことがあるが、私はグラスなどの底に必ず一センチほど飲み物を残す、という理由でふられたことがある。

「どうして、きちんと飲めないの、いつもいつも、ちょっとだけ残して！」

そう叫んで席を立った彼女は、二度と私の元に戻って来なかった。

その日、私のグラスの底に残された液体をみた瞬間、ぎりぎりまで溜まっていた彼女の不満が溢れてしまったのだろう。その行為に関して、私の方には何の悪意もなかったために、咄嗟に云い訳のしようもなく、ただ茫然と見送るしかなかった。

悪意がないどころか、明らかに善意の行動でさえ、それが裏目に出ることがあり得る。

或る立食パーティの席で、手にもったグラスのワインをズボンに零してしまったことがある。ああっと焦っていると、隣にいたひとが濡れたところにさっとハンカチを当ててくれた。私は恐縮しながらお礼を云った。その直後、彼女の手の中に手品のように二枚目のハンカチが現れた。そして、こことこことここにも、と云いながら、さらに丁寧に拭いてくれたのだった。

この連続攻撃に、私はすっかりびびってしまった。客観的にはそれは善意の行動以外のなにものでもない。そのひとは間違いなく親切だ。でも、私は何故かそこから逃げたい気持ちになった。二枚目のハンカチが出現したとき、生理的な恐怖のようなものを感じてしまったのだ。

むしろ私は私がワインを零した瞬間に「だっせー」と笑った女性の方に好感をもった。ハンカチ二枚を使った親切よりも「だっせー」の方が好感に繋がるのは理不尽だと思う。だが、経験的にそういうことは珍しくない。その判断というか、心の動きの根拠はなんなのだろう。

おそらくは「だっせー」というひと言の云い方、タイミング、ニュアンスのなかに、言葉には翻訳できない膨大な情報が含まれていて、私たちはそれを瞬時に好悪に結びつけて判断しているのだと思う。

同じ言葉や行動が、匂いや色の違いによって全く異なる気持ちを引き出すこともある。NGやOK、苦手や普通や大好きといったサイコロの目は生の流れのなかで一瞬ごとに出ているのだ。

今回はNGのケースを幾つか書いたが、OKのツボもまた無数に存在する。ひとつの言葉、ひとつの行動、ひとつの微笑で、そのひとが女神にみえてくる瞬間がある。勿論、ポイントには個人差があるのだが、私の体験からひとつだけ例を挙げておこう。

Aさんという女性が運転する車に、友人の女性Bさんと一緒に乗せて貰ったときのこと。

何かの拍子に、Bさんが「エンストって何?」と訊いた。彼女は車を運転しないひとなのだ。その質問に対してAさんは無言だった。では、私が代わりに説明しようか、と思った瞬間、がっくんと車が止まった。

「これがエンスト」とAさんが云った。エンストの実演……、その瞬間、私はAさんのとりこになってしまった。

「送るよ」の重圧

「車の運転ができない男とつきあえる？」と女性に向かって訊く癖がある。

「無理ですね」とすっぱりした答が返ってくることもある。が、比較的少ない。

「大丈夫です」「問題ないです」「つきあってます」などという反応が多い。

なんとなく、意外な感じがする。

質問者が私だからだろうか、と考えていると、「ほむらさん、運転しないんですか？」と訊き返される。

「あ、します」と答える。

すると、相手はちょっと意外そうな顔で云う。

「じゃ、別にいいじゃないですか」

「ええ、まあ」

だが、実際にはあまりよくないのだ。

運転が下手だからである。或るレベルを超えて運転が下手だと、不思議なことが起こる。

例えば、新宿で待ち合わせをした日のこと。意外な方向から現れた私をみて、友達は怪訝そうな顔をする。

友「今日は電車？」
ほ「ううん。車」
友「車、どこ？」
ほ「四谷」
友「四谷？」
ほ「うん」
友「四谷からは？」
ほ「電車」
友「ど、どうして？」
ほ「新宿には駐車場がないから」
友「ええ？」

勿論、新宿にも駐車場はある。推定七十箇所くらい。だが、そのなかに私の能力で車を停められるところはないのだ。つまり私の地図のなかでは新宿に駐車場はない。

「最寄り」の駐車場は四谷の路上パーキングなのだ。四谷から新宿は歩くには遠い。だから、その部分は電車で移動することになる。

ちなみに「私の駐車場」は東京都内に数箇所しか存在していない。そのために一箇所でかなり広いエリアをカバーせざるを得ない。

例えば、銀座に行くときの「最寄り」駐車場は東京駅のパーキング。

横浜に行くときの「最寄り」駐車場も東京駅のパーキング。

鎌倉に行くときの「最寄り」駐車場も東京駅のパーキング。

同様のことが道路にも云える。

「私の道路」は、日光街道、青梅街道、環七、環八他の計八本ほどだ。高速道路は外環自動車道のみ。どこへ行くにも、これらの組み合わせのなかでやりくりしているのだ。

だが、他人はそんなことは知らない。私が無言で運転していると、助手席の窓から外をみていた女性が「ねえ、どこに向かってるの？」と不安そうに訊いたりする。目的地に行くにはルートが違うと思ったのだろう。合ってるんだよ。

「私の駐車場」に車を停めて「じゃあ、ここからタクシーで」と云うと「ええ？　どうして？」と激しく驚かれる。普通なら電車のところを特別にタクシーって云ったのに。

多くの女性は、なんとなく男は車を運転するものだと思っている。そして、家まで送ってくれるものだと。

そのような認識と期待は私を苦しめる。

「車で来てる」と云うと「わーい、送って」と云われる。

勿論、彼女に悪意はない。

「運転下手だけどいい？」と私は念を押す。

「ノープロブレム」などと上の空で云われると、ちゃんとひとの話を聞け、と思う。緊張感が足りないよ。僕の車に乗ったために、きみの未来がふうっと消えるかもしれないんだぞ。

だが、結局は送ることになる。

「お家はどこ？」と訊きながら緊張する。

四谷だといいな。

或いは東京駅。

もしも横浜のひとだったら、どうしよう。

「送るよ」と車に乗せて、東京駅のパーキングで降ろしたら、そのひとは東京駅までしか送って貰えなかったと「誤解」するのではないか。

「私はちゃんと『横浜』まで送ったんです。ただ、そこは一見東京駅にみえるというか、いや、物理的には東京駅なんだけど、本当は『横浜』で『銀座』で『鎌倉』の東京駅なんです」と説明するしかない。納得してくれるだろうか。無理だろう。

「でも車なんて、そもそも運転自体しない男性だっているんだから、乗ってるだけいいじゃないですか」と云われる。

そうだろうか。

私の運転には技術的に下手ということ以上の、何か心理的な問題が潜んでいるように思えてならない。話をわかりやすくするために「下手」という言葉を使ったが、私の運転は「下手」というより「異常」なんじゃないか。

別の例を挙げてみよう。

私は会社にいるとき、内線電話がかけられなかった。技術的にではなく心理的に。使い方は知っているのだが、どうしてもボタンを押すことができないのだ。

外線を受けたとき、私は内線でそれを転送する代わりに席を立つ。そして、音を立てずにフロアを走って、該当者の背後から「●●さん、5番に▲▲さんからお電話です」と声をかけるのだ。

みんな「うわっ」と驚いた。

だが、「何故、内線電話を使わないのか」と面と向かって訊いたひとはいなかった。

おそらくは私の全身から発されていた緊迫感のため。それから八十人近くいたフロアのメンバーの殆どが後輩だったこともあっただろう。

もしも誰かにそう訊かれたら、どう答えただろう。

「実は『私の電話』には内線がないんです」

その答を実際に口にする前に、私は会社をやめた。

送別会の席上で、後輩のひとりが私に向かって云った。

「課長が『音を立てずにフロアを全力疾走』する姿がたまらなく怖ろしかったです」

「そうか。すまん」と私は謝った。それから「内線電話の代わりによみるぺ、車の代わりにすめごごんが、駐車場の代わりにれしせっき、を使えればいいんだけどな」と云った。

「え、それ、なんですか？」と後輩は云った。

「いや、みんなこの世に『ない』ものなんだ」と私は云った。

後輩は大きく目を見開く。

助手席の女の子が眠っている間に、私の車が海に着くところを想像する。彼女が目覚めたとき、目の前に広がる海をみて「わあ」と喜ぶ顔がみたい。

私はその笑顔をみたことがない。よみるぺ、すめごごんが、れしせっきを使って、同じ笑顔をみるにはどうすればいいのだろう。

無理か。

無理だ。

みんなこの世に「ない」ものだから。

あ、でも、すめごごんがをどんまぎんまでぐいっくうすにろげみごってれしせっきにがにゅるえれば可能性はゼロじゃないかもしれない。

どうだろう。

１％のラブレター

街を行き交う沢山のカップルを眺めながら、怖ろしいような気持ちになることがある。

目の前の全てのカップルが、いつかどこかで出会い、時間の経過とともに微妙な眼差しや言葉や行為を交わし合って、少しずつ関係を深めていったのだ。こいつらの全員がそれをやったのだ。

「ふたりのやりとりの複雑さ」×「道のりの遠さ」×「カップルの数」を思って、ふーっと気が遠くなる。

みんなみんな、愛と性欲の塊だ。

そもそも人間同士が出会わなければ、カップルにはなりようがない。

出会ったとしても、そこから現在までのふたりの動きがきちんと嚙み合わなければ、今、仲良く手をつないで歩いてはいないわけだ。

とてつもなく遥かで複雑な道のりではないか。

そう考えると、限りある命のなかで恋の相手と出会い、その好意を獲得、さらに関係性を進展させるために、自分の側の可能性を常に全開にしていなくては、という思いに駆られる。焦るのだ。

自分のPCのメール送信箱を改めてみて、気づくことがある。女性宛てに送ったメールのどれもが、1%ほどラブレターなのだ。

遠い未来の恋の可能性を念頭においた淡い淡いラブレター。

現に好意をもっている相手に対してだけではない。

ニュートラルな相手やまだ会ったことのないひとに対しても、文章のなかに微妙に思わせぶりな一行が交ざっている。

未来の恋へ至る可能性を最大限に確保しようとするために、そういうことになったのである。「思わせぶりな一行」とは、好意を伝えるとか、食事に誘うとか、そういうことではない。もっと目立たないものだ。

例えば「曖昧な疑問文」。

「今日は寒いですね」に対して返した「え、今日はそんなに寒くないよ。寒がりなのかな。」

この「寒がりなのかな。」がそれに当たる。

「〜なのかな?」ではなく「〜なのかな。」で終わるところがポイントだ。

「?」は答えを強要しているようでまずい。

「。」ならばひとり言として流して貰うことが可能だ。

そして、女性はこのような微細なきっかけを決して見逃さないと思う。

私に対して特に関心がなければ、この部分は確実にスルーされる。

逆に好意があれば、「もう炬燵《こたつ》だしちゃいました。ほむらさん、炬燵もってます？」などの一歩進めたリターンが必ずある筈だ。

「炬燵」でも「猫」でも「蜜柑」でも、話題自体は問題ではない。その流れのなかで、ふたりが互いに恋愛双六の駒を進めることが重要なのだ。

みえみえのやりとりのなかで、互いの好意レベルの確認が行われる。街に溢れているカップルの誰もが、過去にこの手続きをとってきたのである。

「炬燵もってます？」をみた瞬間に、私は自分に対する相手の好意を確信する。

確信のタイミングが早過ぎるように思えるかもしれないが、限りある命を前提とした恋の可能性全開のスタンスからは、ちょうどいい。

ただし判断ミスはあり得る。

いつだったか、後輩の女の子に「いつも薄着ですね」と云われたことがある。そのひと言で自分への愛情を確信したのは間違いであった。

「いつも薄着ですね」と云って、こちらをじっとみていた眼差しが、私を愛している証に思えたのだが、それは繊細過ぎる読みであった。彼女は私をなんとも思っていなかった。

「普通、好きじゃない男にそんなこと云わないよな」と友達に愚痴を云ったら、「いや、実際おまえ、凄い薄着だから。きっと真剣に不思議だったんだよ」と云われてびっくりした。そうなのか。自分が薄着って知らなかったよ。

またメールのやりとりのなかで、恋愛双六の駒が進んでいる、という感覚が実は共有できていなかったというケースもある。


「今度、荻窪に引っ越したんです」

「僕、荻窪のカフェによく行くんですよ」

「どこですか」

「ひなぎく」

「それ、家のすぐ近くです」

「そうなんだ。じゃあ、今度、お茶でも飲みましょう」

という流れの「次」に、こんなメールが来た。

「彼も一緒に行っていいですか」

くらっとする。
私は「彼」と面識はない。
存在も知らなかったのだ。
いや、確かに、合意のレベルを計り損ねた私が悪かった。
彼女はその認識の誤りをわかりやすく教えてくれたのだ。
「ズレてますよ」と。
しかし、教え方のタイミングが早過ぎ、かつ威力があり過ぎる。
蠅をみた瞬間に、いきなり爆弾をもってくるようなものだ。
こちらに邪念がなかったとは云わない。
でも、それは蠅くらいの可愛らしい邪念だったのだ。
ちょっと手で払えば、たちまちぶーんと逃げていくのに。
爆弾が落ちてきた。

「楽しみです。彼によろしく」

短い返信を打ちながら、私の心は悲しい唸りをあげていた。

ぶーん、ぶーん、ぶーん、ぶーん。

「ほむらさん、恋愛に対するセンサーが過敏っていうか、意識が過剰だよ」と、何年か前に友人の女性に云われたことがある。

「そういう姿勢は、本当の出会いを逆に遠ざけるんじゃない？」

どきっとする。

「『～なのかな。』をばらまくなんて、人間のオーラを濁らせるよ。もっと清潔にリスクを負わないと」

思わず反論しかけて、いや、確かにそうかも、と納得する。

でも、と私はつい考えてしまう。

そこまで云い難いことをはっきり云ってくれるあなたは、私のことが嫌いじゃないのでは。

私のことが嫌いじゃないあなたは、私のことが好きなのでは。

第一印象対策

「特になんとも思っていない相手から、『好きです、好き好き』と何度もくどかれることによって、そのひとをだんだん好きになるってありますか？」

女性に向かってそんな質問をすることがある。

恋愛の参考にしようと思うからだ。

こちらから押し続けることでうまくいく可能性があるならやってみたい。でも、それによって関係性が変わらないとか、むしろ逆効果というのなら、ちょっと考えてしまう。

この問いに対する女性たちの答は、大きく二分されるようだ。

ひとつは、押されることで確かに気持ちは動く、というもの。

もうひとつは、自分から好感をもった以外のひとが何を云ってこようと、決して気持ちは変わらない、というものだ。

後者の答をくれたうちのひとりは、こんな風に説明してくれた。

「初対面から三分で、そのひとと恋人になってもいいか、友達か、友達にもなりたくないか、というクラス分けは決まりますね。第一印象ってとても大きい。そして、案外狂いがない。それでも『一瞬』じゃなくて『三分』必要なのは、喋ってみないとわからないからです。どんなに良さそうに思えても、みただけではわからない。でも、三分喋れば充分判断できます。そうして一度定まったクラス分けが、その後のやりとりで変わったことって、あたしの場合、たぶん一度もないんじゃないかな」

みただけではわからない、でも喋れば三分でわかる、という意見にはリアリティがあった。

生き生きと話す彼女の表情をみながら、「と云うことは、このひとのなかで既に僕のクラスは決まってるんだな」と思う。でも、こわくて訊くことはできない。決定的な試験の結果を知るようなものだ。

自分のクラスを尋ねて「あなたとはいいお友達になれそう」などと云われたら傷つくだろう。「いいひと」は嫌だ。「いいひと」には展望がない。

友人の女性からきいた話だが、女友達の恋人や旦那さんに対して全く魅力を感じなくて、どこを褒めていいかわからなかったら、とりあえず「やさしそう」と云っておく、とのことだ。思い当たることがあって怖ろしかった。

そのときの恐怖を詠った短歌がこれだ。

恋人の友人たちにやさしそういいひとそうと云われる春は　　穂村弘

しかし、考えようによっては、三分で相手を把握できるような第一印象重視型の女性に対しては、最初に好印象を与えささえすればいいことになる。

押しに弱いタイプに好かれるには、こちらも押し続ける根気と努力が必要になる。それに対して、第一印象タイプの相手には、ウルトラマンのように三分間だけ必死に頑張れば恋人クラスに入れる理屈ではないか。

自分の最高の三分を最初にもってくればいいのだ。

しかし、その方法がわからない。頑張るといっても、具体的にどう頑張ればいいのだろう。思いつく頑張り項目を並べてみる。

・相手の話を誠実にきく
・車道側を歩く
・店から出るときにコートをとってあげる（着せかけるのはやりすぎかもと思って自信なし）

・セクシャルハラスメントをしない
・自慢話をしない
・貧乏揺すりをしない

どれもあまりにも普通というか平凡だ。

失点や致命傷を避けるという後ろ向きの発想から出ているものばかりである。駄目だ。これでは「いいお友達」止まりだ。

もっと積極的に決定的なポイントを取りにいかないと。

だが、どうすればいいのだろう。

★

友人のなかに、いつも複数の貯金通帳を持ち歩いていて、初対面の女性にその残高をみせる男がいる。

「これとこれとこれと……、足してごらん、ほら、6000万だよ」

などと云っている姿をみて、こいつ、とんでもないなあ、と思うのだが、現実に彼は非常にもてている。

それは決して金の力というわけではないようだ。異常なキャラクターそのものに、異性を惹きつける力があるのだろう。ここまでいくと、もう自慢とか俗物とかの次元を突き抜けて、何か狂ったセクシーさというか、特殊なアピール力があるのかもしれない。

その様子をみていると、自慢話をしない、貧乏揺すりをしない、などとちまちま考えている自分が虚しくなる。しかし、私に彼の真似はできない。二重にも三重にも不可能だ。

最高の自己アピールとは、結局、圧倒的な「個性」の提示に尽きるのかもしれない。

そう云えば、とやはり友人のひとりである女性画家のことを思い出す。

初めて一緒に食事をしたレストランでのこと。

彼女は食べ終えたお皿を両手で摑んで、きれいにぺろぺろと嘗めたのだ。

びっくりした。

だが、それが一種の信念に基づく行為であることが直観的に理解できて、私は心を動かされた。

おそらくはエコロジカルな理由に因るのだろうか。前菜から最後のデザートまで、彼女はお皿を嘗め続けた。

いつどこで誰と一緒でも、必ずこうするのだ。

そう感じた瞬間に、このひとはもてる、と確信する。

この「皿嘗め」一発で彼女に惚れてしまう男は（そして女も）沢山いるだろう。しかしながら、通帳をみせる行為と同じく、こちらもかたちだけ真似できるようなものではない。

異性にアピールするなどという目的意識を遥かに超えた「個性」の発現なのだ。彼らの存在感から、アイデンティティの核にある行為をそのまま名前にした妖怪という種族を連想する。

妖怪「通帳みせ」、そして妖怪「皿嘗め」だ。

第一印象における切り札は「個性」の最深部にあると信じつつ、彼らの凄みを思い出すとき、私は怯んでしまう。

自分だけの妖怪名が思いつかないのだ。

私は妖怪なんなんだろう。

行動パターンと相性

二十代の頃、一緒に暮らしていた女性に、こう云われたことがある。

「あたしと一緒じゃなかったら、あなた、本当にみじめだよね」

みじめ、という言葉にちょっと驚く。

そうなのか。

たぶん、そうなんだろうな。

その日は土曜日で、私たちは新浦安のホテルのカフェにいた。

恋人がいつまでも起きようとしない私を起こして、自分の車に乗せ、ここまで運転してきたのだ。休日のブランチをとるために。

私は寝ぼけ眼のぼさぼさ髪のまま、助手席でぼーっとしていただけだ。

もしも彼女と一緒でなかったら、まだ布団の中で眠っているだろう。

仮に起きていたとしても、私には車を運転してここまでやってくる活力もスキル（駐車のことだ）もない。部屋でパンでも齧っているだろう。

彼女がいるからこそ、かっこいいカフェでかっこいい珈琲を飲みながらかっこいいサンドイッチを食べていられるのだ。

勿論、普段からそんなことを意識しているわけではない。

彼女だってそうだと思う。

だが、そのとき、ぼーっとした私の顔をみて、ふと思ったのだろう。

「あたしと一緒じゃなかったら、あなた、本当にみじめだよね」と。

この言葉を反転させると「あなたと一緒じゃなかったら、あたしはもっと……」というとになる。

「あたしはもっと」、なんなんだろう。おそろしい。

★

「もしも彼女と一緒でなかったら、まだ布団の中で眠っているだろう」と云いつつ、その「布団」は彼女が日に当てて干したものだ。

「部屋でパンでも齧っているだろう」と云いつつ、その「パン」も彼女が買っておいたものだ。

私には毎日の暮らしのなかできちんと布団を干したり、パンや牛乳を切らさないようにしておく能力がない。

しばらくして私たちは別れることになった。

★

数年後に、偶然、再会して話す機会があった。

彼女は既に結婚していた。

話題に困った私は、たまたま持っていたコンピュータの雑誌を開きながら、携帯用のPCを買うのに迷っているという話をした。

「Aの方がバッテリーの駆動時間は長くもつんだけど、でも重量がBより150グラム重いんだよね。どっちにしようかと思って迷ってるんだ」

「うちの旦那は、このCって奴を、使ってるよ」

「ええ？　C？　これは確かにいいけど、でも500グラムも重いじゃん」

「パソコンの重さなんて気にしたことないみたいだよ。鞄に二個入れてもってくこともあるから」

「あ、ああ、そう」

そうか、と私は思った。

旦那はパソコンの重さなんて気にしたこともないのか。

彼はプロレスラーのように力が強いというわけではないだろう。おそらくそれは人間のタイプの問題なのだ。パソコンの重量を気にしたことのない男。

私は敗北感と同時に奇妙な納得感を覚えた。

★

行動パターンとか、生活感覚とか、日常のアクティビティとか、人生における価値観については大きな個人差がある。

私は布団を何ヶ月も干さなくても平気だが、パソコンが150グラム重いのは気になるのだ。その逆の男の方がいい、と考える女性が圧倒的に多いとは思う。でも、最終的にはお互いの相性の問題なのだ。

例えば、旅行に行ったときに、私は正午なら正午のチェックアウトタイムぎりぎりまでホテルの部屋にいることが多いが、一緒にいる相手によってはひどく驚かれることがある。

そういうひとは、折角、旅行に来てるんだから、少しでも早く部屋を出ていろいろなところを廻るのが当然、と思っているらしい。でも、どちらが正解ということはないのだ。

もっと細かいことでは、部屋のなかにいつも音楽が流れているのは当然かどうか、目が覚めてすぐにテレビをつけるのは当然かどうか、西瓜《スイカ》に塩を振るのは当然かどうか、空いているバスの最後部に座るのは当然かどうか、恋人の前でおならをしないのは当然かどうか、などなど。

「え？　振らないの？　西瓜に塩、振らないの？　塩、いいの？」と驚かれても、私は塩、振らないのです。

時間の使い方、お金の使い方、他にも項目は無数にあって、比較的簡単に互いのズレを修正できるものもあれば、なかなか難しいものもある。

また、行動パターンや生活感覚やアクティビティや価値観がぴったり合う相手が最高というわけでもない。

自分とは違う相手の考えや行動が新鮮に思えることも多い。

北大の学生だった頃、私と友人が同居していた部屋に彼のガールフレンドが遊びに来たことがあった。そのとき、窓から花火があがるのがみえた。

「あ、花火だ」と云うなり、女の子は「みにいこうよ」と立ち上がった。

私と友人は顔を見合わせる。

随分遠そうだ、それに花火大会が何時までやってるかもわからない、と私は思ったが、口には出さなかった。

「場所がわからないよ」と友人が云った。

「だってみえてるじゃん」と彼女は笑った。「あれに向かって歩けばいいんだよ」

結局、三人で部屋を出た。

遠くの花火に向かってゆっくりと歩きながら、私はちらちらと女の子の横顔をみてしまう。

このひとは花火をみたらただそれに向かって歩けばいいと思ってるんだな、と思う。素敵だ。

もしも私と同じタイプなら、終了時間を気にしたり、会場の場所を調べようとするだろう。その結果「遠いね」「着く頃にはもう終わってるね」と納得し合って部屋から一歩も動かないことになる。

でも、この子と一緒なら、花火に向かって歩けるんだ。

私たち三人が、その後、会場にたどり着けたのか、間に合ったのか、間近で大きな花火をみることができたのか、全く記憶にない。

ただ、友人とそのガールフレンドと一緒に、小さな花火に向かってぶらぶら歩いたことだけがくっきりと心に残っている。

恋と自己愛

「なんて惚れようなの!! それまで話をしたこともべつになかったんでしょ?」

「うん。なのにぼくの作った帽子かわいいから欲しいって。だからうれしくて好きになったんだ」『ライン』

友人の女性イラストレーターの作品展を観にいったときのことである。

展示された作品がどれも素晴らしかったので、私は会場にいた本人に向かってその感想を伝えた。

どんなに良いかということを熱心に語っているうちに、目の前の作者の表情がぱあっと華やいできた。瞳がきらきらしている。

そして、褒め続ける私にいきなり飛びついてきてキスをしたのである。普段の彼女の性格からは考えられない行動だ。

私は90パーセント驚き、9パーセント嬉しかった。

だが、そのときすぐには気づかなかったのだが、残りの1パーセントに微かな違和感のようなものがあった。

その違和感を敢えて単純に言語化すると、こうだ。

「自分の作品や才能を褒めてくれた『口』にキスをするということは、結局、鏡に映った自分自身に口づけるようなものではないのか」

もしも、そうだとすると、と私は思った。

自分の意思で彼女の作品を褒めた僕の存在はどうなるんだろう。このキスは本当に僕が貰ったものなのか。

勿論、キスは単なる感謝と親愛の表現で、そんなに理屈っぽく考えることはないのだろう。彼女はただ嬉しかっただけなのだ。

だが、ここまで極端ではないにしても、誰かを好きになることの出発点に自分自身への好意的な評価が存在するという例は、一般的な恋愛の場合にも珍しくないように思う。まず自分が褒められることで相手に好意をもつわけだ。

一方で「嫌いなひとに褒められても嬉しくない」という声も聞く。確かにそれは事実なのだろう。

でも、例えば、それまで特になんとも思っていなかった相手が、何かの機会に自分自身も気づいていなかった未知の美質を認めて褒めてくれたとき、好意の針は大きくプラスに振れるのではないか。

ましで、好きだったり憧れている相手からの好評価なら、とろけるような喜びを与えてくれると思う。

本能的に、とでも云うべきだろうか。人間は自分自身が生まれ変わるきっかけとなるようなエネルギーを与えてくれる存在を愛するものだと思う。そのひとへの愛と鏡に映った自分への愛が分かちがたく混在していても不思議とは云えない。

だが、それが現実の恋愛に反映したとき、目にみえる現れ方によっては、何故か違和感を覚えてしまうことがあるのだ。

★

「褒めてくれたから好きっていうのが、やっぱり、どうも気になるんだよなあ」と私は云った。

「でも、そんなの恋愛だけじゃないぞ」と或る男友達は云った。『武士は己を知るもののために死す』って云うじゃないか」

うーん、そうか。

そういえばいつだったか、「徹子の部屋」で舘ひろしも渡哲也に対するそんな想いを熱く語っていたような気がする。

武士や舘ひろしでさえ自分の真価を認めてくれた相手のために命を投げ出すなら、我々が自分を褒めてくれた相手にキスするくらい当然なのか。

★

前述の違和感の底には、恋愛は互いの自己愛を充たし合う以上の何かであって欲しい、という思いがあるわけだが、それは正しいのだろうか。

そもそも何故、私は恋愛における自己愛的な成分を不純物のように考えてしまうのだろう。

自己愛が強いとその分他者への愛が減るというわけでもないだろう。いや、むしろ「自分自身を愛せないひとに他人を愛せる筈がない」などのロジックは、よく耳にするところでもある。

それなのに自己愛に抵抗感を覚えるのは何故なのか。

誰にとっても自分以外は全員他人なのだから、過剰な自己愛は共同体の秩序を危うくする。そのために一種の社会的な禁忌に「指定」されていて、私は無意識のうちにその判断に従っている、ということだろうか。

自己愛が社会の都合上定められた罪というならまだいい。

だが、例えば、一般に無償の愛とみなされがちな母子愛が「自己の分身を無条件に愛する」という意味での自己愛の究極形だとしたらどうか。愛は生命の連鎖を補強するための単なる道具ということにならないか。

などと理屈を捏ねながら、本当はわかっているのだ。

私が他人の自己愛に敏感な理由のうち、現実的に最も大きなものは、私自身の自己愛の強さに他ならないということを。

何年もつきあっていた相手の女性に、かつてこう云われたことがある。

「誰のことも、一番好きな相手のことも、自分自身に較べれば十分の一も好きじゃないよね、あなたは」

そんな自分への後ろめたさや不安が自己愛の問題への反応を過敏にしてしまう。目に入る人々の振る舞いのなかに自分自身の姿をみてしまうのだ。

彼女のパパとママ

ガールフレンドの部屋にいるときに、突然、彼女のお父さんがやってきた。

脳が純白になる。

数秒間固まった後で、慌てて靴をもって窓から逃げようとする。

が、ここは三階。

仕方なく彼女の洋服たちがしまわれているクローゼットに隠れた。

男性の声が近づいてくる。

私は闇のなかでどきどきしながら、外の様子に耳を澄ます。

お父さんは何にも気づいていないようだ。

娘の部屋に男がいるという可能性自体を想定していない感じ。

ちょっと、ほっとする。

暗闇でじーっとしながら、最初に男らしくきちんと挨拶するって手もあったな、などと思う。

君はなかなか見所がある、なんて逆に気に入られたりして。

でも、もう遅い。

隠れちゃったんだから。

今からじゃもう駄目だ。

クローゼットから「堂々と」出ていっても、男らしいとは思って貰えまい。

それにあのタイミングで咄嗟にきちんと挨拶なんて、やっぱり無理だ。

心の準備ができていない。

お父さんの目をみたら怖くてまともな言葉が出てこないよ。

「な、なんだ君は！」

「あひょりい」

ああ、駄目だ。

「うちの娘にあんなことやこんなことをしたのか!?」

「ひるるる」

全然駄目。

想像しただけでおそろしい。

などとおそろしがっている今も、扉一枚隔てた向こうで、お父さんはすっかりくつろいでいるようだ。

お茶なんか飲んで全く帰る様子がない。

しかし、彼女もたいしたものだ。

落ち着いて自然な対応をしている。

一緒に笑ったりして、楽しそうじゃないか。

女の子って凄いなあ。

と云うか、こわい。

まさか、僕がここにいるのを忘れちゃったんじゃないよね。

などとあれこれ考えて気を抜いた一瞬、クローゼットの扉がきいと開きそうになって焦る。

指先をひっかけて、なんとか押さえる。

ひひい。

おそろし。

何かの拍子に私の体重で重心が動いたのか。

念のため扉をずっと押さえておこう。

お父さんと彼女は楽しそうに話している。
私は闇のなかで、中腰のまま、指先に力を込め続ける。
背中が苦しい。
指が痛い。
自分の汗の匂いがする。
いつまで。
いつまで。
いつまで。
いつまで、これが続くんだ。
何をやってるんだ。
僕は。
自分が何をやってるのか。
だんだん「意味」がわからなくなってくる。
はははははははは、と笑いながら飛び出して行きたくなる。
闇のなかから明るい「外」へ。
はははははははは。
ああ、そうか。

追いつめられた人間はこうやって気が狂うんだなあ。

★

ガールフレンドの部屋にいるときに、突然、彼女のお母さんがやってきた。

脳が渦巻になる。

靴を抱いてあわあわしていると、お母さんはまずトイレに入ったので、その隙になんとか逃げ出した。

ほっとして涙が出る。

ゲームセンターでテトリスをやって時間を潰す。

自己最高記録が出る。

なんだか、おかしくなって笑ってしまった。

やがて、頃合いをみて部屋に戻る。

「お母さんは?」

「帰ったよ」

「よかった」

「でも、『男の子が来てたでしょう』ってすぐばれちゃった」

「ええ!?」

「やっぱりママは鋭いな。パパなんか一時間もこの部屋であなたと『一緒』にいて全然気づかなかったのに」

「だ、大丈夫なの?」

「パパにばれるよりはね。ママは一応、味方だから」

「よかった」

「うん」

「でも、どうしてばれたんだろう?」

「たぶん、あれじゃないかな」

「何?」

「便座」

四十になっても抱くか

会社の採用担当者として、入社希望の学生の面接や新入社員の教育をしていたことがある。いずれも若者たちと接触することの多い役割だ。

私はその仕事を十年以上続けたのだが、当然ながら、年数が経つにつれて学生や新人たちと自分との年齢差が少しずつ開いてゆく。

最初は先輩かお兄さんという立場だったのが、だんだん年の離れたお兄さんになり、気がつくと若いお父さんの年になっている。そして、とうとう母親が私と同い年という女性社員が入ってきた。

その子の顔を眺めながら、あのとき産んでいれば僕にも今頃こんな娘が、と感慨にふける。「あのとき」の覚えはないし、「産んでいれば」も無理なわけだが、こんなに大きくなって、とか、おまえも働いてお給料を貰うんだねえ、とか、心のなかで勝手に盛り上がる。

そんな或る日のこと、マナー研修が終わった後の飲み会で、新人の男の子たちに質問をしてみた。

ほ「年上の恋人ってどう?」
A「全然、OKです」
B「大丈夫です」
C「僕、年上好きです」
専門学校を出たばかりの彼らは口々に答えた。
ほ「君、幾つだっけ?」
A「十九です」
ほ「君は?」
B「十八です」
ほ「年上って、何歳くらいを想定してるの?」
A「えっと、二十歳とか」
ほ「じゃあ、二十五歳の女性はどう?」
A「えっ……」
B「それは、まあ」

C「う、うーん、いいですけど」

ためらう三人を前にして、私は心のなかで微笑んだ。

十代のこの子たちにとって、二十五歳の女性とは、惑星でいえば海王星くらいの遠さなのだ。ぎりぎり太陽系内、でも月や火星とは違って普通に視野に入ってくることはない。まったく想像のつかない星。

だが、四十過ぎた私からみれば、二十五歳も二十八歳も三十三歳もみんな娘さんだ。

「そのうちにね。二十五歳の女性が、もの凄く若く思えるようになるんだよ」と云うと、彼らは不安そうに顔を見合わせた。

だが、そんなことを云って若者を脅かしている（？）私自身だって、彼らくらいの年頃には、こんな風に感じる日が来ることは想像もしていなかったのだ。

女性に縁がなかった私にも、十九歳のときに初めてガールフレンドというものができた。彼女は年上だった。当時の私は二歳の年齢差をかなり意識していたし、二十一歳の彼女のことをとても大人のように感じていた。ワインを飲みながら教科書を開いている姿をみて、お酒飲みながら勉強するなんて格好いいなあ、と思っていた。

私が一緒に通っていた北海道の大学を中退して東京の学校に行くことになったとき、ふたりは抱き合って名残を惜しんだ。

「二年間、離れてるだけだから」と私が慰めると、彼女は「でも、あたしが、いちばんきれいなときをみて貰えない」と云って泣いた。

そんな風に云われると、私もたまらなく悲しくなって、「きっと迎えに来るから」と繰り返すのが精一杯だった。

今、振り返ると、あまりにも若いというか、恥ずかしいというか、もうなんとも云えないのだが、確かにそれはその時点での我々の実感だったのだ。

もっとも、そんなピュアなことを云っていても、新しい大学に入ったとたんに、私はそこで知り合った女の子に夢中になって、北海道の彼女のことは忘れてしまった。少なくとも自分に関しては、ピュアな想いは全く当てにならないことがわかった。それ以来、遠距離恋愛成就者に対して、へえええ、とか、偉いなあ、とか、一体どうやって、とかいう畏敬の念をもつようになった。

その辺りの個人差は別にしても、時間の経過とともに、ひとの実感が刻々と変わってゆくのは確かだろう。それに伴って自分自身や世界に対する見方も変化してゆく。予想外の変化が決して止まらないという意味で、人生はちょっとした底なし沼のようなものだと思う。

例えば、自分がラブホテルに行くようになって驚きとともに知ったのは、利用者に高齢のカップルが多いことだ。それまでは、なんとなく、セックスは若者のものというイメージをもっていたのだが、現場に行くと、ちっともそんなことはないのだった。焦って飛び込んだラブホテルのロビーに、杖をついた高齢の男性と銀髪の女性が寄り添うように立っていたことがある。明かりのついたパネルの前で、真剣に部屋を選んでいるふたりの横顔をみて、二十代の私は圧倒されながら何か感動に近いものを覚えた。

と、ここまで書いて、こんな短歌を思い出した。

四十になっても抱くかと問われつつお好み焼きにタレを塗る刷毛　　吉川宏志

恋人か奥さんとお好み焼きを食べているときの歌だろう。ここに出てくる男女は二十代だと思われる。三十代でこの歌を初めて読んだとき、なんとなく気持ちがわかるような気がした。だが、知り合いの四十代の女性は、四十になっても抱くかなんて、そんなの当たり前じゃないねえ、と鼻で笑っていた。

でも、と私は思った。四十代にとって四十代のセックスは日常だが、二十代にとって四十代のセックスは太陽系の外の出来事ではないだろうか。まして六十代、七十代のそれは銀河系の外の幻だ。

そう云えば以前、或る本のなかで、プロの若い麻雀打ちが七十過ぎの女性とつきあっていたというエピソードを読んだことがある。ちゃんとセックスを伴った恋愛だったそうだ。

興味深いのは、彼女とつきあっていることが周囲に知れ渡ってから、彼は大きな勝負で負け知らずになったという話だ。恋愛と麻雀の間には本来はなんの関連もない筈だが、なんとなくわかるような気もする。

二十代で七十歳過ぎの女性と心身共に愛し合うことの凄みが、オーラのように彼を包み守っているところを想像する。銀河系の外の世界を知った人間のオーラをみて、地球しか知らない男たちはこいつには敵わないという怖れを抱いたのだろう。それが、ぎりぎりの勝負に影響したのではないか。

ちなみに彼と戦った雀士たちが仮に女性だったら、そこまで無敵にはなれなかったように思われる。半世紀年上の相手との年齢差を超える愛情の感覚は、女性にとってはそこまでの驚異ではないだろうから。

#「姉」マニア

友達が奥さんと喧嘩をしたという。

そもそもの発端は、ホテルの駐車場にとめておいた彼の車が誰かの車にぶつけられて傷ついたことだ。その件の事後折衝を友人がやろうとしたら、奥さんが「私に任せて」と云ったのだそうな。「僕がやる」「あたしがやる」と取り合いになって、ぶつけた相手やホテルとの話し合い以前に夫婦間の大喧嘩になったのだ。

その話をきいて私は驚いた。世の中にはそんな理由で喧嘩する夫婦がいるのか。自分なら、そんな面倒なことには一切ノータッチでいたい。やり取りの面倒臭さから逃げるために、ぶつけられっぱなしのやられ損に甘んじるかもしれない。奥さんがやってくれるというなら、喜んでお任せする。

「僕も妻も、お互い自分の方がうまくやれると思ってるからね」と友人は云った。

うーん、そうなのか。

彼は大きな会社の秘書課長だ。いつだったか「海外出張の面白いところは思いがけない事態が次々に起こることだ」と語っていたのを覚えている。連続的に発生する困難に自分の能力で対処してゆくのが醍醐味というのだ。外国にいる間中、妻の背後にぴったり貼りついて隠れている私とはえらい違いだ。

だが、優れた特性が裏目に出ることもある。この場合の問題は、彼の奥さんもまた有能で当事者意識の高いタイプだったということだ。一般社会的には長所である筈の資質同士が夫婦間でバッティングしたわけだ。

関係者がふたりしかいない夫婦や恋人同士の場合、組み合わせの問題って本当に大きいんだな、と改めて思う。ふたりとも有能でやる気があるから喧嘩になるなんて。彼か奥さんかどちらかが僕みたいな性格だったらうまくいったのに、と思う。現に彼と私の関係は長年にわたって良好だ。

彼「僕がやろうか」
僕「うん、お願い」
彼「こうするといいんだよ」
僕「あ、ほんとだ。凄いなあ」
彼「ちょっとしたこつがあるんだ」
僕「どうもありがとう」
彼「どういたしまして」

これでお互い満足だ。

彼をはじめとして私が親しい男友達には、自ら動いて現実にコミットしていく当事者意識の高いタイプが多い。

彼らはひとに頼られることに喜びややり甲斐を感じているようにみえる。主体的であること、頼みにされることが、自らのアイデンティティの確認という意味をもっているのだろう。

私はその逆だ。他人に主導権を渡すとなんとなく落ち着かないらしい。自分にその場の判断や選択を任されるのを怖れて、そのような局面を極力避けようとする。

彼らと私の能力差は時間の経過と共にどんどん開いてゆく。

もともとのスキルの違いも確かにあるのだが、それ以上に現実にコミットする意欲の問題なのだ。目の前の出来事を主体的に引き受けてひとつひとつ片づけてゆく人間と、そこから逃げ続ける人間の能力差は年を経るごとに大きくなってゆく。

会社員時代、私はしょっちゅう名刺を切らしていた。もっているときも、すぐに出すことができない。あっちのポケットこっちのポケットと手を突っ込んで焦りまくる。十七年もやり続けた行為が最後までこのレベルのままだったのは、能力の欠如というよりも明らかに意識のもち方の問題だ。

名刺を切らさずにもっていてすぐに出せるようにしておくのは、スキル的には決して難しいことではない。だが、それができない人間にはどうしてもできない。名刺を渡すという最も個人的な行為に関してさえ、私の当事者意識は希薄なのである。誰かに代わりにやって貰いたい、貰えそうという感覚で自分の名刺を扱っているのだ。

★

そんな自分の性格とパートナーシップにおける組み合わせを考えるとき、ひとつのパターンが浮かび上がってくる。

或る日、過去のガールフレンドたちを思い出してみると、ほぼ全員が「姉」だったことに気がついたのだ。「妹」とつきあった記憶は殆どない。比喩ではなく、現実の兄弟姉妹関係の話だ。

無論、つきあい出す前に、あなたは「姉」ですか、といちいち確かめるわけではない。親しくなってから、兄弟姉妹関係について尋ねると判で押したように「姉」だったのだ。

これは当事者意識のない自分が、イニシアチヴやホスピタリティの感覚を身につけている女性と相性がいいことの単純すぎる反映なのだろう。

「姉」ばかりのガールフレンドたち。

九割を超える「姉」率に最初に気づいたとき、一瞬、恐怖で鳥肌が立った。思いがけない、しかし、反論の余地のないかたちで性格の致命的な欠陥を突きつけられた気がしたのだ。だが、そういう自分だと認めるしかない。

私は「姉」タイプの女性に甘えるのは得意だが、「妹」タイプの女の子を扱うのは全く苦手なのだ。どこかわからないけど素敵な場所に連れて行って、とか、何かわからないけど素敵なものを運んできて、とか、そういう目でみつめられるとパニックになる。基本的なニーズがバッティングしているのだ。

一緒に大きな本屋などに入って、あとについてこられると、ぞっとする。可愛いとは全く思わない。君は君の興味のある本を自由にみにいきなよ、と苦々しく思う。なんて主体性のない女性なんだろう。

そのくせ、自分は苦手な外国などでは忍者のように妻の背後に潜むのだから、勝手なものだ。その勝手さを受け入れてくれる可能性が高いのも、勿論「姉」だ。

先日、沖縄に旅行に行ったとき、タクシーの運転手に女性が多いことに気づいた。なんとなく嬉しい。生まれてはじめて女性の運転するバスにも乗った。僕は今、おんなのひとのバスに乗っているんだ、と思ってうっとりする。彼女たちは皆、私を「どこかわからないけど素敵な場所に連れて行って」くれる「姉」なのだ。

だが、恋愛の局面においては、「妹」に限らず主体的で有能な「姉」のなかにも、相手を尊敬したいとか何かを教えて貰いたいという感覚をもっているひとが結構いて困ることがある。日本女性のなかには「敬愛」への志向が根強くあるらしいのだ。

「何か一点、尊敬できるポイントがあれば、他がどんなに駄目でも許せるから『それ』を示して欲しい」と要求されたこともある。

「他がどんなに駄目でも」って……、と怯《ひる》みつつ、考えてみたが、そんなにすぐに思いつけるものではない。

それに「何か一点」といっても、本当に何でもいいわけではないだろう。相手の価値観のなかで高いポジションを占める一点じゃないと。

「短歌をつくれる」とかかなり云いにくい。現代女性の視野のなかに「短歌」なんてまず入ってないからだ。

戦争に行ってあげるわ熱い雨やさしくさける君のかわりに　江戸雪

恋にかかる瞬間

風邪をひいた瞬間がいつかってわからないよなあ、と思う。

私の場合は、扁桃腺が大きいせいか喉からくることが多くて、「あ、なんか、のどちんこの左側が痛い」と思うのだが、そのときはもうすっかりやられているのだ。喉の痛みは症状の自覚の瞬間であって、そのときに風邪をひいたわけではない。ウィルスの潜伏期間があるから、実際に感染したのはもっと前ということになるのだろう。喉が痛いと思ってから慌ててうがいをしても、もう遅い。風邪のフルコースをしっかり味わうことになる。

それにしても、ウィルスの最初の一匹にやられる瞬間って何も感じないものなのか。生物としての防御センサーはどうなっているのだろう。

風邪と恋愛を一緒にするのも変かもしれないが、ひとを好きになる瞬間がいつなのかも、はっきりとはわからないように思う。

いつどこで好きになって、どれくらいの潜伏期間の後に、どんなかたちでそれを自覚するのか。自分自身のことで、しかも非常な重要事項なのによくわからないのだ。

★

恋にかかる瞬間の自覚について、インターネット上で参考になるデータをみつけた。友人のサイトに「100の質問」があって、そのなかのひとつにこんな問いがあったのだ。

「じぶんのなかで、ひとをすきになるときの兆しはありますか。どんなものですか。」

性別年齢を問わず多くのひとが回答しているので、答を簡単に分類して（重複もあり）、以下に挙げてみよう。

●聴覚

・声をすごく思い出す
・その人の声がよく聞こえる
・その人のいった言葉（もしくは声）が忘れられなくなったとき
・その人が現れただけで音楽が聞こえてくる

・フェデリコ・モンポウの〈前奏曲第6番〉のような感覚を地面から3センチほど浮いた気持ちで思う

●視覚
・なんか、視界に入ってくる
・その人とやたらと目が合う
・モノクロの風景のなか、そのひとだけカラーで見える
・遠近感が狂いはじめる

●関心
・いつも何食べてんだろうとおもう。家帰ったら何してんのかな、とか知りたくなる
・その人に関わることがなんでも面白く感じられるときです
・「うわ、なんだこの人」と思った瞬間

●嗅覚、触覚など
・波長がくすぐったいと感じた時

・においがする

●名前

・こころのなかで名前を呼ぶ

・夜中に道ばたで名前を呼び出す

●手

・手の動きが気になる

・手をつないでいる夢をみます

●夢

・夢にでてくる

・手をつないでいる夢をみます

実際の回答では、「どきどきする」「ビビッとくる」「胸キュン」などがいちばん多いのだが、なるべく具体的な「兆し」を選んで挙げてみた。

全体を眺めて、聴覚や声に関するものが意外に多いんだなと思う。でも、まあ大体予想できる範囲の答だろう。ここに挙げなかったものも合わせると、五感の全てと、性欲はもとより、食欲、睡眠欲に影響がみられることがわかる。強烈な支配力だ。

潜伏期間がゼロに近いなら、このような「兆し」を認めたときが恋にかかった瞬間ということになる。だが、「一目惚れ」という言葉がわざわざ存在していることから逆に考えて、普通は或る程度の時間差があるのではないか。もっと早くに、本人も気づかぬうちに恋は始まっているのだ。ならば、これらは初期症状の一覧ということになる。

やはり風邪と似ている、と思う。

風邪における「ぞくぞくする」「喉が痛い」「あたまが重い」「悪夢をみる」「うわごとを云う」といった症状が、「どきどきする」「声を思い出す」「遠近感が狂う」「夢にでてくる」「夜中に道ばたで名前を呼ぶ」などに置き換わっただけではないか。「お熱を上げる」は共通だ。

恋患いというだけはあるが、さらに云うと、免疫のない若い個体には、それぞれの症状がより強く現れるところも似ている。恋も風邪も、子供は一気に高熱が出てすぐに下がるのに対して、歳を取るとなまじ免疫があるせいか曖昧に始まってぐずぐずと長引くのだ。

また免疫のないまま歳を取ったものは、非常に症状が重いところも同じだ。大人になってからのおたふく風邪は生死に関わるなどというが、こつこつと真面目に生きてきたひとが定年後に恋に堕ちたりすると、やはり大変なことになるようだ。以上の類似性からみて、私は恋の原因が未発見のウィルスだったとしても驚かない(驚くけど)。

風邪の自覚の瞬間がそうであるように、恋も気づいたときには、もうすっかりやられている。その段階からなんとか防ごうとしても、まず難しい。薬を飲んでも休養をとっても、結局はフルコースを味わうことになる。症状の重さや結果の善し悪しはさまざまだろうが、一通りの流れに乗るしかないのだ。

それにしても、先の回答を書き写しているだけで、なんだかどきどきしてくるというか、脳からきらきらした液が出てくるような気がした。自分の話でもないのに奇妙なことだ。

言葉という媒体を通じて二次感染しているのだろうか。殆ど物理次元を超えた感染力だ。恋のウィルスが未発見なのはそのせい、つまり、現実とは異なった次元に生息しているからじゃないのか。

影響力の強さと特殊性から考えても、恋にかかる瞬間とはやはり時間の特異点であるように感じられる。何故だろう。生物としてのヒトの繁殖に関連しつつ、それ以上の要素をも含んでいるからか。

異性間恋愛の場合、セックスをして子供を作れば種のレベルでは永遠。だが、そんなことを考えて恋をする者は稀だろう。我々は主観的には、個としての滅びの感覚を直接永遠に転化するための契機として恋を捉えていると思う。「わたし」と「あなた」が出会うことで一瞬が永遠に変わるという幻の確信。五感と三大欲求に変調をきたすのは、限りある存在が素手で永遠に触れようとした報いではないか。

性愛ルールの統一

「まだつきあう前のデートで割り勘とかみみっちいこと、僕は云わないよ」と友達は云った。

「でもふたりで映画やお芝居をみて御飯を食べてお酒を飲んで、一回のデートで3万円以上かかったら、そのまま帰られるのは嫌だ」

「とゆーことは」と私は云った。

「やらせて欲しい」と彼は云った。「だってそこからさらにホテル代と下手したらタクシー代がかかるんだよ」

この発言にちょっと驚く。彼の考えをせこいとは思わない。気持ちはわかる。ただ「一回のデートで3万円以上かかったら」という具体性が妙におかしいのだ。

「じゃあ、2万9800円ならいいの」と私は訊いた。

「仕方ないね」と彼はあっさり云った。

仮に相手の女性にその気がないのなら、2万5000円を超えた辺りで引き上げるタイミングを計るのが賢明ということになる。だが、彼にしても「3万円を超えたらただでは帰さない」と予め宣言しているわけではないだろう。つまり彼女の方は3万円ルールの存在を知りようがない。ゆえに実際には引き上げ時の的確な判断は無理なのだ。

もしも私が「観客」として彼らのデートをみていたら、3万円が近づくにつれてははらはらするだろう。ああ、危ない。大トロはよせ、中トロにしておけ、そうすればぎりぎりセーフだ、とか。

ちなみにこの話をきいたのは十年ほど前のことだ。従って3万円ルールも今では5万円とか7万円に引き上げられているかもしれない。

彼の個人ルールに驚きはしたものの、その内容がどうであれ、直接的に私が影響を受けることはない。自分が彼とデートをするわけではないからだ。むしろ気になるのは女性側のルールというか判断基準の方だ。こちらは大きな影響がある。だが、これについてはひとによって云うことがあまりにばらばらでよくわからないのだ。

例えば、先日或る女性作家のエッセイを読んでいたら、学生の頃は男の子に家まで送って貰ったら必ず「寄っていかない？」と云わなくてはならないと思い込んでいた、という意味の一文に出くわして愕然とした。

それは歩み寄り過ぎだろう。毎回そんなことをしていたら大変だ。送って貰ってそのまんま帰したら男が激怒するとでも思っていたのだろうか。もしも男性全般がそういう生き物だったら、そもそも交際なんてできないんじゃないか。

また別のケースでは、こんなこともあった。もう二十年も前になるだろうか。夜中に突然電話がかかってきて「お寿司を作り過ぎたから今から食べに来ない？」と云われたのだ。相手は知り合ったばかりの女性だ。

誘われているのか、たぶんそうだ、と反射的に思ったのだが、今ひとつ確信がもてない。これが普通に「御飯食べに来ない？」とか「ビデオ観に来ない？」だったら、もっと素直にOKサインと判断できただろう。だが、「夜中に作りすぎたお寿司」というのが妙に具体的かつシュールで、案外、「本当にその言葉通りなのではないか」と悩んでしまったのだ。

知り合ったばかりなので、相手の性格もまだ摑みきれていない。夜中にお寿司なんて変だと思いつつ、いや、でも、彼女はもともと「そういうひと」なのかもしれない、と思ったりする。迷いながら、とりあえず相手の家に行ってみると、そこには本当に大量のお寿司が待っていてさらに混乱した。誘いの口実にしては、手間暇かかっていてインパクトがありすぎる。結局その日はお寿司を食べただけで帰ってきてしまった。あたまのなかで性欲と食欲が混ざって、おいしかったが気が散った。

この話をすると、「莫迦《ばか》だなあ、それはOKに決まってるよ」と云う男友達がいる。「莫迦だねえ、OKに決まってるじゃん」と云う女友達もいる。

だが、と私は思う。本当にそうだろうか。君たちは第三者の目でみているから軽くそんなことを云うけれど、本当に当事者になったら、もっと違った反応というか思いがけない行動をとったりするのではないか。

現実のなかでの人間の反応は不定形で摑みがたいものだ。真夜中のお寿司だけ食べて帰ってくるほど思い切りの悪い私が、いくらなんでもこれはＯＫだろう、と確信して迫ったら、「ええー？　全然そんなつもりじゃなかった」と叫ばれたことだってあるのだ。

慌てて退却しながら、思わず心のなかで「観客」たちに向かって、「でも皆さん、この場合、普通いきますよね？」と問いかけたくなった。

だが、「観客」は答えてくれない。最初から存在しないのだ。現場の当事者は常にふたりであり、しかもその反応にはとても個体差が大きい。他者のケースをリサーチして参考にするということができない。ひとりひとりの経験の蓄積が当てにならない世界。相手が変わればまたゼロからやりなおしだ。

ここでいくのかいかないかくるかこないかどうしようどうするのと、誰もが迷いながら、結局虚しく最終電車に乗っているのだ。

だが、もう21世紀である。この辺りで共通のルールというか、一定の基準を確定するべきではないだろうか。「夕食」「お酒」「家まで送る」「カラオケボックス」など、さまざまな状況別の基準が必要になるわけだが、私はお酒を呑めないしカラオケもしないので、ここではひとつの叩き台として「男性が運転する車の助手席に女性が乗った場合」のルールについての試案を挙げておく。

●「男性が運転する車の助手席に女性が乗った場合」のルール案

男性は信号待ちのときに軽く女性の手に触れていい（信号待ちによる時間制限及び両者の体勢の限定性によってそれ以上の行為は困難だから、女性側に一定の安全性が確保されることになる）。この行為に対する女性側の反応は以下の三択となる。

①NGのとき
笑いながら「だめ」などと云って手をどける。その場合は男性はすんなり諦める。再チャレンジしてはいけない。

②OKのとき
手を握り返す。その場合は男性は暗いところに車をとめてゆっくりとキスを試みてよい（ゆっくりなのは、「やっぱり嫌」という権利とタイミングを女性側に与えるため。「やっぱり嫌」が出されたとき、男性側は一回に限りゆっくり再チャ

レンジしてもよい)。

③NGともOKとも決めかねるとき

手をどけることもなく、握り返すこともなく、そのままもう片方の手で窓を開けたり、CDのボリュームを動かしたりする。これによって男性側は女性の心の針が今微妙なところで振れていることを自覚する。それをOK側に倒すべく、さらなるポイント獲得のための言動(直接的なアプローチは不可)を心がける。

どうだろう。四十四歳の日本人男性である私の感覚に基づく案なので、若者や老人やラテン系の人々にとっては違和感があるかもしれない。あくまでも叩き台ということで、皆で意見を出し合って納得のいくものに仕上げていきたい。

その上で、最終的には女性全員で話し合って基準を統一して貫いたいと思う。「男性は信号待ちのときに軽く女性の手に触れていい」という原則がそもそも駄目だというのなら、この部分を特定のブロックサイン、例えば「相手の目をみながらパンダの物真似をする」「『おおブレネリ』を口ずさむ」などに変えてもいい。これによって女性は、ははーん、と相手の意図に気づくことができる。

このようなサインシステムは一見滑稽に思われるかもしれない。だが現に今、我々はデートの後半の、近づく終電時刻の前などに、焦ってさまざまな「相手に伝わらないサイン」を虚しく発し合っているではないか。それを「相手に伝わるサイン」に変えようという前向きな提案なのだ。

こうして定めた基準をまとめたものは、野球やサッカーのルールブック以上に分厚い本になるだろう。だが、恋とセックスは野球やサッカーなどよりも遥かに重要な種目であり、いわば全人類が選手なのだから必読だ。

男子力と女子力

「このフタ、固いの。開けてくれる?」
そんなひと言とともに女性からピクルスの瓶などを渡されると、さっと緊張する。ぼんやりテレビを観ていたリラックスタイムが、いきなり試練の場に変わったのだ。渡された瓶のフタをみながら、固そうだな、と思う。大丈夫かな。

彼女の握力　＜　私の握力

これは確かだと思う。だが、問題はフタの固さだ。

彼女の握力　＜　フタの固さ　＜　私の握力

これなら問題はない。
「ほら、開いたよ」

「わあ、ありがとう」

そして、再び『アリー　ｍｙ　Ｌｏｖｅ』の続きを観ればいい。

だが、こうかもしれないのだ。

彼女の握力　∧　私の握力　∧　フタの固さ

その場合、困ったことになる。フタは開かない。

どう言葉で取り繕っても、現に開けられなかったという事態をフォローすることはできない。勿論、それによって私の全人格を否定されるとか、一気にふられるようなことはないだろう。だが、彼女の胸のなかにひとつの失望が生まれることは間違いない。ささやかだが、しかし、確かな失望……、おそろしい。

瓶のフタが、半分開いた、とか、ちょっと開いた、などという結果はあり得ない。ちょっと開いたら全部開く。開くか開かないか、結果はふたつにひとつなのだ。天国と地獄を分けるブツが、今、私の手のなかにある。

瓶のフタのひんやりした手触りに恐怖を感じる。腕相撲では互いの手を握り合った瞬間に相手の力量がわかるという。

なんで、固いフタの瓶なんてつくるんだよ。欠陥商品だ。内心そう思いつつ、口に出すことはできない。このタイミングでそんなことを云っても無意味。全ての言葉が無意味になる瞬間がある。それが今だ。やるしかない。

まず、深呼吸をひとつ。

それから手の水分をズボンで拭って、思いっきり（だが、見た目上は気のない振りを装って）フタに挑む。

勝負！

★

「あーゆーとき、女の子はどうして、男なら固いフタを開けられる、って思い込むんだろう。困るよ」

何人かで食事をしているときに、そんな風に云ったことがある。

「何云ってるんですか」

その場の女性たちに一斉に云い返された。

「そういうとき、本気の本気でやればあたしでも何とかなりそうかな、っていうのをわざわざ渡したりしてるんですよ」

「そうそう、だからうだうだ云わずに、がっとやってくれれば大丈夫なの」

「フタが開いたら『わあ、すごーい』って云って貰えるんですよ。最初からそれが云いたくて渡してるんだから」

私はびっくりして云った。

「そうなんだ。あれ、『ごっこ』だったのか」

「『ごっこ』ってわけじゃないけど。ねえ」

「うん。男女のコミュニケーションの一種なんですよ」

「それなのに最初からチャレンジもしないで、いきなりフタの周りをスプーンでカンカン叩き始めるひととかいるよね」

「いるいる。火で温めたりとかね」

「トンチを出してどうするの。そんなことして貰いたいんじゃないのよ」

フタの周りをカンカンしたことのある私はショックを受けた。

そうだったのか。

道理で「ほら、開いたよ」と渡しても、相手は冴えない表情だったわけだ。私としては力を使わずに開けられて内心ちょっと得意だったのに、「すごーい、そうやれば簡単に開くんだね」とは云って貰えなかった。

「『一休さんか、あんたは』って思っちゃうよね」ととどめを刺される。

ううう。

「そもそも固いフタを渡されるくらいがなんだっていうの。女ならできる筈、って男が勝手に思い込んでることは、その100倍くらいあって、とっても大変なのに」

思い当たることがあり過ぎて反論できない。

「100倍」発言をきっかけに、食卓には理不尽な女子力を要求されることへの呪詛が充ち充ちた。「固いフタ」に関するこちらの不平などとは次元が違うその勢いに、私は自分が何かおそろしいもののフタを開けてしまったことに気づく。が、既に遅かった。

★

高校生くらいまでは男子力の不足は致命的だった。男子力のない男子は女子から全く相手にされないのだ。しかし、大人になるにつれてそのプレッシャーは徐々に軽減されてきたように思う。

その理由のひとつは「種目」の多様化だ。高校生の男子には、勉強、スポーツ、音楽、美術くらいしか「種目」がないのだ。でも大人になるにつれて、ひとは色々なところで色々なことをやり始める。

「種目」の多様化は価値観の多様化に繋がる。何らかの「種目」でポイントをあげられれば、少なくとも価値観を共有する異性へのアピールにはなる筈だ。男子力がなくても、将棋がめちゃくちゃ強ければ、将棋好きの女子には（もしかすると囲碁好きの女子にも）関心をもって貰えるのだ。

だが、この意見は前述の食事会では不評だった。何かの「種目」でポイントをあげることが異性へのアピールに直結するのは男子だけで、女子はそう簡単にはいかないと云うのだ。そう指摘されてみると、確かに、将棋がめちゃくちゃ強い女子に将棋好きの男子が向ける眼差しは、その逆の場合とは異なっているようだ。

また先日、テレビを観ていたら、お笑いの女性芸人が「男の芸人はあたしと同レベルのルックスでもみんなモテてるのに、あたしは全く男に相手にされない」と怒っていた。一種のネタでありつつ、本当なんだろうな、と思わされる。他のさまざまなケースを思い浮かべても、男子から女子へのベクトルの方がその逆に比べて「愛情への転換ルート」に幅がないというか、バリエーションに乏しいと感じる。

つまり、女子にとっては女子力の圏外にある長所の多くが恋愛の入口にならないのだ。それどころか出口になることも珍しくない。自分の理解できない「種目」で才能を発揮し始めた奥さんや彼女に旦那や彼氏が冷たくなる、というパターンだ。

極端な云い方をすれば、女子には「女子」という「種目」しかないのかもしれない。恋愛的ジャンルで求められる男子力と女子力のプレッシャーの差は、その辺りの非対称性に起因しているのだろう。

幻想を買う

「新しい洋服を買うときは、自分のワードローブを思い浮かべて（できれば写真に撮ったものをお店にもっていって）、どんな組み合わせが可能か、よく考えて買いましょう。そうすれば失敗のない賢いお買い物ができます」という記事を女性雑誌で読んだことがある。

それはそうかもしれない。でも、これは或る種の、例えば私のような人間には全く無意味なアドバイスだ。だって、私は「衝動買い」がしたいんだから。「賢いお買い物」とかじゃなくて「衝動買い」こそが望みなのだ。

どうしてもやめることのできない「衝動買い」の正体とは何なのだろう。背後にあるのはたぶん、「それ」を買うことで別世界へ行けるという夢の如きものだ。現実の次元では、これは単なる錯覚と呼ばれる。だが、過去の経験のなかで何度失敗を味わっても、「それ」を身につけることで今までの自分を脱ぎ捨てて夢の世界に行ける、という思いに抗うことはできない。新しい「それ」をみた瞬間に、今度こそ、と心を摑まれてしまうのだ。

つまり、私は明日からの日々を向上させる現実のモノではなく、一気に別世界への扉を開くきっかけとしての幻想を買っているわけだ。

幻想に支配されたこの「衝動買い」とよく似たことが、恋愛においてもあるのではないか。例えば、現実にはこの相手とではうまくいかない、合わない、苦しむ、とわかっていながら、自分の裡《うち》なる幻想に抵抗できない場合だ。いけない、と思いつつどんどんそっちに進んでしまう。

好きになるのはいつだってすこし陰気で寡黙な人
でもそんなひとがわたしの幻想どおり清冽《せいれつ》で強いってことはまずないのね
みじめなあっという間の失恋
強い人はたいていい明るくてにこにこして人と話すのが好きね
その人がいるだけで皆がうれしいようなね
わたしだって大好きよ
でも恋はべつ
自分でもどうにもなりゃしない『アレフ』

「衝動買い」が失敗しやすいように、幻想を買うタイプの恋愛は「みじめなあっという間の失恋」に終わりやすい。現実世界での自分の幸福や相手への想いなどよりも、裡なる幻想の方を重視してしまうためだ。このような倒錯性は、自分自身の今に満足できていないひとほど強くなるようだ。さらに症状が進むと、幻想の支配力が自己否定の感覚とセットになることもある。

本当の恋人はどこにいるの?
どうしてあたしはひとりなの?
こんなのじゃないの
もっとカッコイイ人がいいの
あたしみたいな女の子
スキになんかならない
カッコイイ男の子『ハッピー・マニア』

「本当の恋人」=「あたしみたいな女の子スキになんかならないカッコイイ男の子」なのだ。本来は自分よりも遥かにレベルの高い相手というニュアンスであろうが、言葉通りに受けとめると究極のパラドクスになる。「あたしみたいな女の子」を好きになるような相手は、それ自体が「本当の恋人」ではないことの証になってしまう。己を支配する幻想の論理がこれでは現実の恋がうまくいくはずがない。

だが、私自身の感覚はかなりこれに近いところがある。以前、別のところにも書いたことがある話だが、お互いにいい雰囲気になりかけて、このまま いくとつきあえるかもと思っていた相手から、突然、こんなメールを受け取ったことがある。

追伸
恋人ができちゃった。
裏切ってごめんね。

ショックだったが、腹は立たなかった。がっかりもしなかった。それどころか、これらの文字を繰り返し眺めてはうっとりする。私はおかしいのだろうか。でも、僕とはまだ何も始まっていないこのタイミングで「裏切ってごめんね」と書ける彼女はやっぱり素敵だ、と思ってしまう。

裡なる幻想が本物だったことが確認された喜び、とでも云えばいいのか。やはり自分の目に狂いはなかった。彼女は本物だった。現実の恋愛当事者としては「狂いはなかった」どころか全くの節穴だったくせに、そう思ってしまうのだ。

そんな私は「衝動買い」した服が万一自分にぴったり似合ったりしたら、逆に不安になってしまいそうだ。「本当はこれじゃなかったのでは」などと思うかもしれない。

このような凶暴な幻想が同性に向けられることもある。ゲイというわけではないのに、そうなるのだ。

★

大学の同級生だったKは、飲み会などの開始時刻をいつもひとりだけ早く教えられていた。本当は八時から始まるなら七時、七時からなら六時、と知らされるのだ。彼は時間にルーズで必ず遅れて来る。だから結果的にそれでちょうどよくなるのだった。でも、本人はそのことに全く気づいていない。悪い意味で特別な存在。いつもびくびくと時間を気にしている私の目には、そんなKが眩しくみえた。

Kはいつも安物のディズニーの腕時計をしていた。理由をきくと、酔っぱらってすぐに壊すから、と云う。明らかなミスマッチのなかに独特の愛嬌のようなものが生まれている。今日はダンボだ。

飲み会の途中でふとみると、Kの指先で煙草の灰が長く伸びている。が、本人は平気で話し続けている。あ、おちるおちる、と私は気になって仕方がない。Kの煙草をとって代わりに灰皿でとんとんしたくなる。なんだそれ、と思う。世話女房か。

そんな或る日のこと、私はKに自分の革ジャンを貸した。彼が羽織ったそれは私が着るよりも遥かに格好よく似合っていた。同じモノとは思えないほどだ。

「今日これ借りてっていい？」と云われて「ああ、いいよ」と答える。

自分の服をKに着て貰えるのが嬉しいのだ。

だが、その翌日、革ジャンは袖の部分がびりびりに裂けた状態で返ってきた。いったい何をどうしたら、丈夫な革がこんな風に裂けるんだろう、と驚く。

「悪い」とKはあたまを掻いている。

「あ、いいよいいよ」と私は云った。

「いいんだって」とKは連れの女の子に向かって云った。

「駄目だよ、弁償しなよ」と女の子は云った。

「あ、ほんとに、いいよ」と私は云った。

もしも破いたのが自分だったら、私はきっと同じモノを買って返すだろう。それでも厳密に「同じモノ」ではないから、という理由で菓子折などをつけてしまうかもしれない。

だからこそ、「悪い」「いいんだって」と平然としているKが眩しくみえる。彼がつけた傷が勲章のように思えて、私は裂けた革ジャンに袖を通してうっとりする。

これは私の個人的なコンプレックスだけによるものではない、と思う。「駄目だよ、弁償しなよ」と云っている女の子だって、そんな彼に強く惹かれているのがわかる。

Kを叱りながら、とても嬉しそうだ。私のことなんか眼中にない。

たぶん、ずっとこうなのだ。私は飲み会の時間を守って誰かの煙草の灰を気にして革ジャンを貸して破られて「いいよいいよ」と云って勝手にうっとりして……。

私にはわからない。いったい何をどうしたら、丈夫な革があんな風に裂けるんだろう。

「比較」と「交換」

初恋の相手と結婚して浮気なしで死ぬまで添い遂げる、という人生を想像することがある。パートナーの「交換」が、いや、それ以前に他の異性との「比較」すらない世界は、オンリー・ユー・フォーエバー的な夢の極致だ。

それこそが恋の理想と思える一方で、実現したところを想像すると不安になる。それって本当の本当に幸福なのか。「比較」自体がないわけだから、第三者からみてどうだろうと、主観的にはふたりは幸福ということになるのだろう。

でも、と思ってしまう。理想の恋の成就者たちが年をとって、自らの死を前にしたとき、お互いにちらっと思ったりはしないだろうか。「このひとでほんとによかったのかしら」とか、「妻は優しかった。でも、他の女ってどうだったんだろう」とか。「その答」を知らないまま死んでいいのか？

そう思うと、なんだかおそろしい。生涯でもうひとりだけ別の誰かとつきあっておけばよかったんじゃないか。パートナーの「交換」までは考えなくても、「比較」対象として念のためにもうひとりだけ……。

だが、それは不可能なのだ。「比較」のない世界と「比較」のある世界とでは根本的な景色が違う。いったん「比較」可能な世界に出てしまうと、全ては変わってしまうだろう。「念のためにもうひとりだけ」の地点にとどまることは、オンリー・ユー・フォーエバーでいることよりもたぶん難しい。

「比較」の世界は、人間の生命力、性欲、好奇心、焦燥感などに従って原則的に拡大されるものだと思う。さまざまな恋を試したい気持ちは加速する。

年下も外国人も知らないでこのまま朽ちてゆくのか、からだ　　岡崎裕美子

この短歌の〈私〉は、これまでの人生で何人かの年上の日本人と「からだ」を合わせたことがあるのだろう。だが、それは本人のなかで限定的な体験として意識されている。年上の日本人しか知らないで「このまま朽ちてゆくのか」という焦りにも似た思いが湧き上がっているのだ。生命力の器としての「からだ」というものを中心に自己を捉え直すとき、このような感慨は理解できる。

この感覚に従えば〈私〉の恋の可能性は、年下、外国人、同性、タイムトラベラー、アンドロイド、異星人等へと広がってとどまることはない。気がつけばオンリー・ユ

ー・フォーエバーなど、百万光年の彼方に置き去りだ。

以上のリスクを考慮して、初めての恋人ができた若者たちに、長老（私のこと）が智恵を授けるというのはどうだろう。

「少年よ、目の前の少女を、汝の初めての恋人を大切にせよ」

その忠告をきいて、彼は云うだろう。

「いやだなあ、お爺さん。当たり前ですよ」

その言葉に嘘はない。初めての恋に夢中の目には他の女など入らない。考えたこともない。

だが、長老の教えの真の意味を少年はまだ知らない。

ラブラブな或る日、彼は彼女の妹に紹介される。

「こちらが妹のかなえです」

「はじめまして、のぞみ姉さんがお世話になっています」

「あ、はじめまして」

目が合った一瞬、どきっとする。妹だけあって目元が彼女に似てる、というか、ちょっとだけこっちの方が可愛いかも……。

遥か彼方から遠眼鏡でその様子を眺めていた長老は呟く。ウエルカム・トゥ・「比較」ワールド。少年よ、そこが地獄の入口じゃ。

彼と彼女と妹は三人でしばらく談笑をする。そのうちに妹の性格が自分には合いそうもないことが分かって、少年はなんだかほっとする。かなえちゃん、顔は可愛いけどこのノリはちょっと。やっぱり、のぞみちゃんが最高だな。うん、僕の彼女はのぞみちゃんだけだ、などと浮かれ気味の彼の前に、もうひとりの少女が現れる。

「こちらがその下の妹のたまえです」

「はじめまして、姉さんがお世話になっています」

少年は呆然とする。三人姉妹だったのか……。

いやいや、と長老は首を振る。正解は十人姉妹じゃ。

さて、彼の心はどうなるだろう。十人の姉妹全員と会って、やっぱり僕の彼女が最高、と心から納得することができるだろうか。ドミノ倒しのような「比較」地獄の始まりだ。

そして、云うまでもなく現実には恋人の兄弟姉妹だけがドミノの「駒」ではない。世界は無数の「駒」に溢れている。

「次の恋人」の章で、次のような女性の言葉を紹介した。

「今から思えば、性格は二番目につきあったひとがよかった。ルックスは四番目のひとで、収入は六番目、ギャグの面白さは最初の恋人なんだけどな。総合点では三番目のひとだから、彼よりいいひとが現れたら結婚したい」

だが、このような「比較」「交換」の連続地獄のなかで「彼よりいいひと」に出会っても相思相愛になる可能性は低いだろう。仮に結婚にたどり着いたところで、そこで上がりになる保証はない。いや、上がりになる筈がない。「駒」の数は無限であり、地獄は心のなかにあるのだから。

これが洋服や靴なら問題はない。気に入ったものを幾つでも買えばいい。次のお気に入りをみつけることが楽しみでさえある。

でも、「恋人」はそうはいかない。モノじゃないんだから。と云いつつ、我々の心の世界では、既にかなりの程度にモノ化してはいないだろうか。

一期一会の心で、とか、リセット不可能な生の時間への敬虔さを、とか、あたまでいくら思っても、現在の日本では「比較」「交換」世界のデジタルな恋愛感覚から脱出することは簡単ではない。

このような「比較」「交換」感覚は、故障した電化製品を修理して使う方が手間もお金もかかるから買い換えることを躊躇《ためら》う理由がない、という社会システムのシンプルな反映とも思える。

では、「比較」「交換」地獄への対抗策はないのだろうか。

例えば、時間の力を頼むというアイデアはどうだろう。ふたりが一緒に過ごした時間だけは、モノに置き換えることができない。宇宙の全ての恋愛対象と「比較」しても、この点だけは確かなアドバンテージになり得る。共に過ごした時間こそが、互いの存在のかけがえのなさを保証して「交換」への歯止めになる、という論理だ。

だが、とたちまち不安になる。本当にそううまくいくだろうか。

冒頭で想像したようなオンリー・ユー・フォーエバー成就カップルが、今の日本にいったい何組あるというのか。「比較」「交換」感覚が身に染みついた我々にとって、過去の時間にどれほど頼れるか心許ない。思い出の輝きだけは互いの心のなかで永遠、という保証はないのだ。

序盤から中盤過ぎまで圧倒的に白で埋まっていたオセロの盤上に、最後の最後でほんの何点かの黒が置かれただけで、ぱたぱたと裏返って全てが黒く染まってゆく。そんなことがふたりの時間にも起こらないとは限らない。

「彼」の心のなかでは今も純白に輝いている思い出が、「彼女」の心のなかではいつの間にか真っ黒に変わっている、ということもあり得る。熟年離婚などが典型だろうが、関係性の終局では、互いの心のなかで思い出の価値に明らかな差が生じている。というか、だからこそ恋が終わるのだ。

極端な場合には、彼にとっては今も宝であるものが彼女にとっては既にゴミ。ふたりの思い出の共有性そのものが幻だったのだ。

だが、共有した筈の過去の否定とは、相手の心変わり以上に受け入れ難いものである。切り捨てられる側は、つい「あの頃の俺たち」的なことを口走りがちだ。そして、思い出を口にすればするほど逆効果、という現実を思い知らされることになる。

魔女と恋に堕ちる理由

例えば今、誰かに「生きてますか」と質問されたら、勿論、答は「はい」である。

でも、実際には「う、うん」とか「ええまあ」などと曖昧に答えてしまいそうな気がする。

物理的に生きているのは確かだけど、その実感はなんだかぼんやりとして決して強いものではないのだ。

では、一瞬一瞬が生の実感に充ちているような濃い時間はどこにあるのか。

例えば、それは海外旅行とかギャンブルとか犯罪などといった非日常的な体験のなかにあると思う。

そのなかでも最もポピュラーで大きなもののひとつが恋愛だろう。

激しい恋愛のなかで、我々は束の間の生の実感を得ることができる。

男性のタイプとしてのいわゆる「いいひと」が恋愛対象として女性たちに人気がないのはそのためだ。

「いいひと」との穏やかな関係には非日常性が乏しい。

日常に限りなく近い恋には恋の醍醐味がないというわけだ。

「危険な男」「わからない男」「厄介な男」との恋愛の方が、生の実感装置として遥かに有効なのだ。

生の実感は死に近づくことによって得られる。

この絶対的な矛盾が日常のなかで現象化したものが恋の本質だと思う。

だが、そのような恋愛には、当然ながらリスクが伴うことになる。

私自身もかつて「危険でわけがわからなくて厄介な女」とつきあってへろへろになったことがある。

初めて会ったとき、彼女は指輪、ブレスレット、ネックレスなどを大量に身につけていた。

「凄いね」と云うと、「全部プラチナ」と答が返ってきた。

自慢？と怪訝に思いながら、とりあえず「アクセサリー好きなの」と尋ねると、

「これ、アクセサリーじゃないよ」と云うではないか。

変なことを云うなあ、アクセサリーじゃなきゃなんなんだ、と思いながら相手の顔をみる。

彼女はこちらの目をみながらゆっくりと片手の指輪とブレスレットを外して、ひとつずつテーブルに置いていった。

すると、「裸」になった左手がみるみる赤く変色してゆくではないか。

驚く私に向かって彼女は静かに云った。

「こうなるのを抑えてるんです、プラチナの力で」

「こうなる」って、これ、一体なんなんですか？

「プラチナの力」って、なんのこと？

激しく混乱してびりながら、真っ赤になった手から目が離せない。

指輪とブレスレットが元の場所に戻って彼女の手が再び白くなったとき、私は既に恋の術中に堕ちていた。

その後はお金が流れるように出ていき、耳鳴りがやまず、白目の血管のどこかが切れていつも真っ赤に充血しているという泥沼の日々。

私はラブホテルから通う会社も休みがちになっていた。

彼女の名刺には代表取締役と記されていたが、会社に行く必要はないらしかった。

いや、会社自体がなかったのかもしれない。

たまに仕事に出かけるときも、どこで何をしているのかは不明。

彼女が隠しているわけではなく、きいてもよくわからないのだ。

こんな会話を覚えている。

ほ「今日の仕事は？」
女「嫌がらせ」
ほ「嫌がらせ？」
女「うん、同業者の店の窓硝子を割りに行くの」

生きている世界が違いすぎて、どうコメントしていいのかわからない。
「そう、がんばってね」と間抜けなことを云って「ありがとう」とにっこりされる。
その笑顔にあたまがぐらぐらする。
ぐらぐらのまま加速する恋愛は楽しいというよりも苦しい。
生の実感よりも破滅の予感を覚える。
このままではまずい。
なんとかしないと、と焦る。
でも、どうしても女の引力圏から逃れることができない。

・プラチナを外すと手が真っ赤になる
・眠らない（一緒にいる間、一度も眠っているのをみたことがない）
・「最初の恋人は花の名前の女ね」と云い当てる

・テーブルに置いた携帯電話を指さすと数秒後にそれが鳴り出す

次々に繰り出される非日常的な現象に磁石のように心が惹きつけられてしまう。この女を放したら、もう二度とマジカルでエキサイティングな世界には入れない。あの退屈な日常に戻っていいのか。

そう思ってしまうのだ。

振り返ってみると、そんな風に思うようにコントロールされていたのだ。彼女との関係は恋愛というにはあまりにも洗脳や支配や依存や憎悪といった要素に充ちていた。

とはいえ、それらは自然な恋愛にも或る程度は含まれるものだと思う。互いの間に充分な愛情があるときには露わにならないけれど。

それに、たとえそれが恋愛とは呼べないものでも、彼女と一緒にいると不思議なことが次々に起きて、とにかくどきどきすることができたのだ。どんな純愛であっても、ときめきがないのでは仕方がない。

そのときの私はそう思い込んでいた。

ふたりの関係の終わりは突然やってきた。

或る夜、一緒に食事をしながら、なんとなく、このひとの正体というか全貌がわかったな、と感じた。

その瞬間、私は何も云ってないのに「もう、いいんだね」と彼女は呟いた。

この言葉をきいたとき、私のなかに初めて普通の意味での愛情に近い気持ちがこみ上げてきた。

でも、もう遅かった。

魔法は解けたのだ。

そして、彼女は「普通」の恋ができないひとだった。

ふたりはばらばらになった。

私は緊張から解放されて、またぼんやりとぬるい日々が始まった。


故障せし飛行機白雲の外に出て星らんらんとありし物語　　葛原妙子

コンビニ買い出し愛

或る夜のこと。友達の家に何人かで集まって遊んでいるとき、コンビニエンスストアに食料の買い出しにゆくことになった。

「僕、行こうか」と私が名乗りをあげると、「じゃあ、あたしも行く」とSさんが云った。

どきっとする。

今、Sさんは「じゃあ、あたしも行く」って云わなかった？

「じゃあ」ってなんだ？

「買い出し係がもうひとりくらい要るでしょう。それなら」という意味の「じゃあ」だろうか。その場合「じゃあ、あたしも行く」＝「買い出し係がもうひとりくらい要るでしょう。それなら、あたしも行く」である。

この「じゃあ」はスルーしていい。私にとって特別な情報ではない。

でも、と思う。今の「じゃあ」にはもうちょっと、なんか、こう、微妙なニュアンスがなかったろうか。いや、確かにあった。

もしや、あれは「ほむらさんが行くなら」という意味の「じゃあ」ではなかったか。

その場合「じゃあ、あたしも行く」＝「ほむらさんが行くなら、あたしも行く」ってことになる。

「ほむらさんが行くなら、あたしも行く」

それは「ほむらさんが好き」ってことではないか。

大変だ。

告白だ。

私の未来に大きく影響する情報だ。

〈今〉を起点として無数に枝分かれする未来ルートの何本かが、きゅんきゅんきゅーんと点灯するのがみえる。それぞれの行き先は、天国か地獄か。愛か慰謝料か。指輪か包丁か。

一瞬のうちに、そこまでの考えが閃く。しかし顔には出さない。無表情のまま、脳だけが高速回転したのである。

コンビニに向かう国道の白い街灯の下をSさんと並んで歩く。

肩が触れそうな距離を意識しながら、落ち着け、と自分に云いきかせる。

思い出せ。

どっちだ？

Sさんの「じゃあ」にあったニュアンスは？

無意味な「じゃあ」か。

告白の「じゃあ」か。

それを確定しないままでは、こちらの行動を決めることができない。

私は数分前にきいた彼女の声をあたまのなかで再生する。

「じゃあ」「じゃあ」「じゃあ」「じゃあ」……うーん、わからん。

何度も繰り返しているうちに変な〈味〉がついてきて、元々の「じゃあ」からどんどん離れていくようだ。

オリジナル「じゃあ」は再現不能。

これ以上そこにこだわっても必要な情報は得られまい。

諦めよう。

中学生のとき、クラスの女子からの年賀状に添えられた「今年もよろしくね！」のひと言から愛情の有無を計ろうとして、やはりデータ不足で諦めたことを思い出す。何度読んでも「今年もよろしくね！」は「今年もよろしくね！」だ。しかし、私はその筆勢や葉書の匂い（特別に香水などが振り掛けられていないか）に手がかりを求めようとしたのだ。結局は虚しい行為に終わったけれど。

でも、今回は状況が違う。「じゃあ」の記憶のみに頼る必要はない。なんといっても、すぐ横に生身のSさんがいるのだ。

考え方を変えて〈今、ここ〉の情報を採取すべきだ。

彼女はひょっとして憧れの私と並んでどきどきしている？

それともコンビニで何買おっかな、おでんかな、とか思ってるだけ？

このふたつは大違いだ。

大違いなふたつが識別できない筈がない。

並んで歩きながら、目と耳と鼻、それに全身の毛穴を全開にして、その情報をキャッチしようとする。

だが、わからない。

Sさんのあたまのなかは私のことでいっぱいか、それとも、おでんでいっぱいか、外見からはどうしても読みとることができないのだ。

こちらのセンサーが鈍いわけではない。強烈な自己愛と鋭敏な感受性によって、それは研ぎ澄まされてる。むしろ、敏感すぎるのだ。

そのせいでSさんのちょっとした言葉や動作から、余計なノイズ的情報までキャッチしてしまう。沈黙にどきどき。触れあう肘にびくびく。今、蹴った石ころは何かのメッセージ？

このままでは埒が明かない。

忍者同士の戦いなどでも、このような膠着状態になることがあるらしい。

そこをなんとかするには、思い切った働きかけが必要になる。敵の背後に石を投げてわざと音をたてたり、木の陰から案山子《かかし》を出したり、ウサギをおとりに使ったりして、相手の動きからその考えを探るのだ。

この場合の働きかけとは、Sさんに愛についての話題をふってみることだ。さり気なくべたにならないように。その反応によって彼女の気持ちを探るわけである。

自然で感じが良くて有効なアプローチはなんだろう。

「Sさん、僕の下の名前知ってる?」とか。

いや、駄目だ。

不自然で異様で無効だ。

確かに、好きな相手の下の名前を知らないってことはないだろう。

でも、下の名前を知ってるからといって、その相手を愛しているとは限らない。

私だって瀬戸内寂聴が以前は晴美だったことを知っている。

ならば名前ではなく誕生日とか、血液型とか、本籍地とか……。

迷っているうちに、セブン-イレブン西葛西店に着いてしまう。

ポテトチップスの袋を手にぼんやりしている私に向かって、Sさんが弾んだ声で云った。

「おでん、買おうよ」

ああっ、と思う。

力が抜けそうになる。

やっぱり、そっちか。

いや、待て、早まるな。

違うぞ。

これはトラップだ。

神様が人間を絶望させるために、いつもこういうタイミングで仕掛けてくるトラップ。

騙されるものか。

ここで、ああ、やっぱりそっちか、と絶望させておいて、実はおでんもほむらさんも両方好き、というオチかもしれぬ。

今日までの四十四年間で私は人生にはそういう可能性の厚みがあることを学んだのだ。きゅんきゅんきゅんきゅーん。

勝負は帰り道だ。

雪女の論理

お雪は、針しごとから目をはなさずに、答えました。

「その方のお話をして下さいな。あなた、どこで、その方をごらんになりましたの。」

そこで巳之吉は、渡し守の小屋ですごしたあの恐ろしかった一夜のこと、白い女がにっこりと笑いながら、自分の上に身をかがめてきたこと、それから、茂作爺さんが物も言わずに死んでしまったことなどを、お雪に話して聞かせました。そしてそのあとへ、こうつけ加えました。

「じっさい、おれは、夢にもじっさいにも、あんなよく似た美しい女を見たのは、あのとき一どきりだ。むろん、その女は人間ではなかった。おれはそのときその女が恐ろしかった。恐ろしかったが、しかし、色は抜けるほど白い女だったよ。じっさい、おれは、あのとき夢を見たのか、それとも雪女を見たのか、いまだにはっきりわからないね。」『雪女』

雪女って何を考えてたんだろう。

好きになった男の命を折角助けてあげたのに、「でも、今夜おまえが見たことは、だれにも言ってはいけないよ」「そうしたら、わたしはおまえを殺してやるからね」なんて、いかにも守れなさそうな約束をさせて帰してしまう。

やがて人間に変身して男のもとに嫁ぎ、子供をもうけ、幸福な、でも孤独な時間を過ごす。

その挙げ句に、自ら誘いをかけるようなかたちで男に誓いを破らせてしまう。

だが、子供が可哀想で男を殺すことができずに、結局、ひとりで雪の世界へ姿を消してしまうのだ。

どういうこと?

本当は男が好きなんでしょう?

子供が大切なんでしょう?

ずっと一緒にいたいんでしょう?

男はそれまではちゃんと秘密を守ってきたんだし、第三者に話しちゃったわけじゃないんだから、自分さえ見逃してやればいいのに。

いいや、そもそも無理な約束をさせなければいいのに。

或いは、最初から助けた男を人間界に帰したりしなければいいのに。

彼女の行動パターンは最初から最後まで滅茶苦茶だ。

これでは誰も得をしない。男も子供も、そして何よりも彼女自身がいちばん不幸になってしまうではないか。愛の成就を願いつつ自ら破壊するような雪女の行動原理は、私の目には殆ど悪夢的なものにみえる。

でも、その悪夢がどうしてか、胸に突き刺さるのだ。

滅茶苦茶な論理の背後にたまらない切実感がある。

おそらくは私の、いや、人間の目にはみえない宿命的な必然性があって、雪女はそうしなくてはならなかったのだろう。

彼女は人間たちとは異なる世界に棲んでいる。

ふたつの世界のギャップをたったひとりで埋めようとする努力が、我々の側からみると不合理で悪夢的な反応に思えるのである。

「鶴女房」「人魚姫」など類例は多い。

「ふたつの世界のギャップをたったひとりで埋めようとする」彼女たちの孤独さ、勇敢さ、虚しさは心をうつ。

また「鶴女房」や「人魚姫」などに比べて、雪女の場合は、人間の男を簡単に殺せる（現に「茂作爺さん」を殺している）ほどの力と冷酷さをもっている点に特徴がある。

自分よりも無力な存在を愛してしまう彼女の強さが、悪夢的な物語の切なさを増幅させている。

愛と宿命のせめぎ合いによって雪女の心に命の炎が燃えあがる。

その冷たい炎がこちらの胸にまで飛び火してくるようだ。

吹雪のなかに消えてしまったお雪の姿を、巳之吉は決して忘れることができないだろう。

雪女は最高の女なのだ。

★

現実の世界にも男を振り回すタイプの女はいる。

そういう女だとわかっていながら、その言動に振り回されてしまうのだ。

何故、わかっていても振り回されるのか。

それは女のなかに必然性があるからだ。

秘密、謎、トラウマ、使命などのかたちで、それは彼女の胸の裡にしまわれている。

このみえないモチーフに殉ずる彼女の感情や行動は、合理や損得の枠を超えてランダムだったり、エキセントリックだったりする。

根本的な理由は摑めなくても、その切実さ、必死さだけはわかるために、男たちは彼女の言動に抗うことができない。

昔の知り合いに、躰のどこかにいつも怪我をしている女がいた。

会うたびに違ったところに包帯を巻いていたり、出血していたりする。

リストカット的な自傷行為というわけではない。

本当に怪我をしているのだ。

理由を尋ねると「心が傷つくと躰も一緒に傷つく」と云う。

そんな莫迦な、と呆れつつ、こんな女を好きになったら大変だろうな、と思ったものだ。

実際、彼女にはまる男は多かった。

わけがわからない、ひどい、滅茶苦茶だ、ふざけるな、勘弁してくれ、などと思いながら、どんどん惹きつけられてゆく。

女の裡に広がる不合理で悪夢的な世界に魅了され、呪縛されてしまうのだ。

最終的に破滅するのは男の方だ。

女は傷だらけのまま普通に生きてゆく。

彼女はもともとその世界に棲む生き物なのだから。

一方、このような必然性無しに言動がエキセントリックになるのが、いわゆる「不思議ちゃん」であろう。

「不思議ちゃん」にもいろいろあると思うが、その必然性を突きつめると、多くの場合、世界に免責される特別な存在でありたい、という本人の自意識（というか無意識？）にいきつくのではないだろうか。

その動機はわかり過ぎるほどわかる。

つまり、全く「不思議」ではないということだ。

★

合理や損得とは、動物、哺乳類、ヒト、日本人、男性、都市生活者、21世紀人といった〈私〉を何重にも取り巻く枠組みの要請から生まれた、一種の幻に他ならない。

でも、それはリアルな感触で〈私〉の全身を縛っている。

なるべく合理的に、できるだけ得をするように、生きなくてはならない。

時折我に返って、いや、これは〈私〉が望んだものではない、気がついたら網の目のなかにいたんだ、などと思う。

では、〈私〉の本当の望みとは何か。

それがわかれば自らの望みに殉じて、幻の網の目を破ることができるだろう。

でも、〈私〉にはわからない。

胸に手を当てて考えても、自らの真の望みがわからない。

だから、予め外から与えられた欲望を自分の夢と思い込み、リアルな幻のなかでもがきながら生き続けるしかない。

雪女に惹かれる心の奥にあるものは、このような呪縛を超えたモチーフへの憧れではないだろうか。

愛は細部に宿るか

或る夕方、駅前のメロンパン屋でメロンパンを受け取っている女の子の横顔をみて、どきっとする。

髪の毛の隙間から耳がみえているのだ。

あれは髪質のせいか。

それとも耳の大きさの問題なのか。

よくわからないけど、ときどきそうなっているひとがいて、私は何故か昔からこれに弱い。

以前、本人にそう云ったら、「私、サル耳なんですよ」とあっさり返されたことがあった。

そのひとによると、これは髪質でも耳の大きさのせいでもなくて、耳のつき方というか角度の問題なんだとか。

あたまに対して沿っていないというか、コーヒーカップの持ち手のようについているのがサル耳らしい。

「音、よくきこえます」と笑っていた。

私は彼女のことが好きで、その気持ちを伝えようとする流れのなかでそんな話題になったのだが、どうもまずかった。

「リスかと思ったらサルなんだ」「そうなんですよ」みたいになって、どんどん話が逸れてしまう。

全く相手にして貰えないのだ。

もしかすると、ほむらさんは私の耳の角度だけが好き、と思われたのか。

誤解だ。

コップに水を注ぐときのことを考えて欲しい。

全体に充ちているからこそ、或る一点から溢れるのである。

その一点がどこかってことが問題なんじゃなくて、好きという気持ちは全体に充ちているのだ。

耳の角度じゃなくて君が好きなんだ。

ということを、しかし、咄嗟にその場でうまく説明できない。

カードの切り方を間違えたのだ。

それに、改めて考えてみると、メロンパン屋に並んでいた女の子のことは何にも知らないのである。

性格などは勿論、顔すら殆どみえなかったのだ。

となると、やはりどきっとするのは、或る程度は耳単体の問題なのかもしれぬ。

私の遺伝子を虫眼鏡でみたら、ずらっと並んだ項目のなかに「サル耳好き」と書かれているのだろうか。

一方、女の子たちの様子をみていると、好きになった男性の手を褒めるひとがときどきいるようだ。

あれは大丈夫なのか。

好意を伝える際のカードの切り方として正しいか。

手には一種の定番感があるから、誤解されにくいのかもしれない。

「手が好き」＝「あなたが好き」という暗黙の公式がなんとなくあるような気がするのだ。

「声が好き」＝「あなたが好き」も同様である。

それらに比べて「サル耳が好き」＝「あなたが好き」は、まだまだ一般に認められていない。

今後の課題であろう。

そういえば、サル手というのか、伸ばした腕の肘関節が逆方向にくんっと大きく入る女性がいて、私はあれにもどきどきする。

これについては、男にはあんまりみられないものだから強く異性を感じるってことがあるのかも。

でも、サル耳で懲りたから本人には云わないことにする。

そんなことを考えながら、ふと思いつく。

もしや、私の遺伝子に書かれてるのは「サル好き」？

いや、違う。

何故なら、サル耳とサル手は好きだけど、サル顔が特別に好きって気はしないから。サルに限らずイヌ顔とかネコ顔とか、顔のタイプというレベルでは特に反応する対象はないようだ。

たぶん、顔というのは人間の構成要素としてウエイトが重すぎるのだ。

そのひとの全体性が表れているために、なんというか情報量が多すぎて、ときめくポイントとしてシンプルに一元化することが難しい。

サル顔にもいろいろなサル顔があるからなあ、と思ってしまう。

サル耳にもいろいろなサル耳がありますよ、とマニアには云われるかもしれないが、私はそこまで洗練された目を持っていないのだ。

顔以外では声というのも要素として複雑すぎて、私は自分の好みをうまく説明することができない。

もっとポイントを小さく絞らないと駄目なのだ。

例えば、ラ行がうまく発音できないひと。

これはときどきいて、どきっとする。

舌の長さのせいか、それともうまく回らないのか、そのひとの「ら」「り」「る」「れ」「ろ」は全て微妙に違ったものに置き換わっている。

話をしているうちに、何となく違和感を覚える。

やがて、ああ、ラ行が駄目なんだな、と気づく。

さらに会話を続けていると、彼女の言葉のなかにランダムに出現する「微妙に違ったもの」たちが、こちらの心に不思議な魅力を訴えてくるのだ。

訛《なまり》がセクシーって意見をきくことがあるけど、これもそのバリエーションだろうか。

それから、瞬きの速度が遅いひと。

瞼がすーっと下りて、すーっと上がる。

これは強烈だった。

やはり目の前で必ず繰り返される現象なので、一度、おやっと気づいてしまうと、そこに意識が集中してしまう。

最初はニュートラルな気持ちで眺めていても、時間が経つにつれて、おかしなどきどきが募ってゆく。

繰り返される瞼の呼吸によって相手の「術」にかかってしまうような。

すーっと下りる。

（あなたには世界がみえない）

すーっと上がる。

（あなたの前には私がいる）

すーっと下りる。

（あなたには世界がみえない）

すーっと上がる。

（あなたの前には私がいる）

すーっと下りる。

（あなたには世界がみえない）

すーっと上がる。

（目が、綺麗だ）

忍者なら「いかん！」と叫んで自分の太腿に棒手裏剣を突き立てるところだが、忍者じゃないのでうっとりと「術」にかかりっぱなしだ。


しんきらりと鬼は見たりし菜の花の間に蒼《あはひ》きにんげんの耳　　河野裕子

運命の人

女の子と一緒に夜の住宅地を歩いていたときのこと。

不意に彼女が頭上をみあげて云った。


「ここ昔、森だった？」


そこには大きな樹が生えていた。

街路樹ではない。

この辺りが昔森だった名残の一本なのかもしれない。

夜の空を背景にして枝と葉のシルエットが黒く伸びている。

でも、私はそれどころではなかった。

彼女の言葉に心を摑まれていたのだ。

ここ昔、森だった？というひと言で、気がつくと住宅地だった筈の辺りがいつの間にか森の姿にかえっている。

夜の樹々の呼吸のなかでふたりは向かい合う。

月光が力を強める。

(きみだったんだね)

(ええ)

だが、その会話が実際に交わされることはない。

「ああ、そうかも。この樹、大きいもんね。ほんとに森だったのかも」

私はそんなことを云っている。

心のなかでは激しく感動して興奮しているくせに、何故そんなにナチュラルな反応を返すのか。

ふたりでしばらく樹をみあげて、それからまたゆっくりと並んで坂を下ってゆく。

莫迦者《ばかもの》。

こんなことをしている場合か。

彼女のさっきの言葉をきいただろう。

「ここ昔、森だった？」

あんなことを云うひとがふたりといるものか。

間違いない。

とうとう出会うことができた。

運命の人だ。

無限の宇宙の片隅で、命が尽きる前に出会えたんだぞ。

運命の人に。

おい、きいてるのか。

だが、私は心の声を無視して夜の空気のなかをふわふわと歩き続ける。

そのとき、彼女の腕が伸びてひとつの扉を指さす。

「ほら」

「これは……」

「消防署？」

「みたいだね。古い建物をそのまま使ってるんだ」

「凄い」

「かっこいい」

「入ってみたいな」

「うん」

「何の用ですかって訊かれたらどうする」

「うーん、指輪が抜けなくなりました」

「なにそれ」

「いや、太って指輪がどうしても抜けなくなったとき、119番すると救急隊員が来て、外してくれるらしいよ」

「ほんとに」

「うん、そうきいたよ」

「でも、だって、どうやって」

「うーん」

「いくら救急隊員だって、指は細くできないでしょう」

「特別ぬるぬるな石鹸をもってるとか」

何をやってるんだ。

ぬるぬるな石鹸とか云ってる場合か。

今、この瞬間に核ミサイルがこっちに向かって飛んできているかもしれないんだぞ。

その前に彼女の手をとって、みつめあって、ふたりが生まれてきたことの意味を確かめ合うんだ。

明日の朝、目が覚めないかもしれないんだぞ。

急げ。

うすのろ。

今ここで愛を告げろ。

永遠の一瞬を摑め。

やかましい心の声をききながら、私は歩いている。

手を伸ばすだけで、彼女に触れることができる。

生きている彼女に、でも……。

夜の散歩が続く。

窓の灯り。

セコムのステッカー。

立ち止まって結び直す靴紐。

マンホールの蓋に乗っている蟷螂《カマキリ》。

振り向いて待っている彼女のシルエット。

どこから降ってくるのかわからない花の匂い。

迷い込んでしまった老人ホームの庭から見下ろす夜景。

みんな眠っているんだろう。

夜は滑らかに深まり、やがて、お別れのときが来る。


「じゃあ、ここで」

「気をつけてね」

「ありがとう。またね」

「うん、おやすみ」

「おやすみなさい」

私は一度だけ振り返って、夜のなかに彼女の後ろ姿がぼんやりと白く浮かんでいるのをみる。


星空のはてより木の葉降りしきり夢にも人の立ちつくすかな　　山中智恵子

解説　ダメさ余って可愛さ百倍

瀧波ユカリ

最初に言っておきます。穂村さん、あなたはずるいです。

「小心者で、自分が他人にどう思われているかが気になって仕方がない。だけど自分を飾り立てる勇気はない。恋愛の機会は多々あれど、『いい人』で終わってしまう事がコンプレックス。常に世界とちょっとだけずれていて、多少の生きづらさを感じている。妄想癖が半端ではない。しかしそんな自分が嫌いというわけではなく、むしろ強く激しい自己愛に振り回されている。」

この本から読み取れる穂村弘像をざっと書くと恐らくはこんなダメな感じだろうが、私はここにもうひとつ付け加えたい。「そして、そんな己の性質を打ち明ける演出によって、女性を虜にする技に長けている。」

そう、穂村弘のエッセイを読んで「一応最後までなんとか読んだけど、おしなべて穂村弘がきもちわるくてつらかった」なんて思う女性はいない（多分）。女性読者はみな次第に穂村弘の言動にきゅんきゅんし、ついには虜になってしまうのだ。そしてもちろんそれは穂村弘にとって「うれしい誤算」などではない。穂村弘はどういった種類のダメさが女性をきゅんきゅんさせるのかをしっかり知っていて書いている。決して、持て余した己のカルマを原稿用紙にぶつけた結果あら不思議、女の子達がときめいてくれている、なんてねじれ現象ではない。打算的な男なのだ。「駐車が苦手」という性質は一見男としてダメなようだが、「なんだか面倒を見てあげたくなる↓保護すべき対象↓可愛い」という女性の思考回路を知っているからこそ書いているのだ。もしかしたら実際は全然苦手ではなく、助手席の美女に接吻をお見舞いしながら華麗に縦列駐車をキメているのかも知れない。好きな食べ物を菓子パンと公言しているのも、これまた「菓子パン好き男子↓男なのに甘党↓可愛い」という女性の思考回路を知っているからこそで、本当は菓子パンには目もくれずブタメンや魚肉ソーセージなどを日々むさぼり食っているに違いない。

まあ、正直、天然なのか計算なのかは実はどうでもいいのである。このように、ほんとはわかってて書いてるんじゃないのと邪推せざるを得ないほど、穂村弘のその手の性質はダメだけど可愛いと言いたかったのだ。四十代男性におよそ似つかわしくないあやうい言動、純にすぎる願望やら妄想やら思惑。社会的にはかなりNGで滑稽とも言える類の性質であるにもかかわらず、穂村弘がそれをけざやかに明かす時、女性読者の「きゅん」の琴線は水滴を受けた花びらのようにふるえる。

——私のなかには昔から、そういう「わけのわからないワイルド系」に対する強い憧れがあるのだ。（25頁）

えー、その手の人に憧れるってちょっと情けない……でも、それをあえて公言しちゃうってところが可愛いかも。うん、そこは可愛いわ。きゅん。……と、いつのまにか読者は穂村弘に捕捉される。

——このひとこそ、運命の女神なんじゃないか。何故なら名前がシンメトリーだから。（68頁）

えっ。その発想怖い。……でも中学生くらいまではそういう考え方もしてたな。好きな人の名前の画数と自分の画数足して占ったりとか。ということは……穂村さん、乙女なんだ。きゅん。……と、読者は穂村弘を受容する。

——一緒に大きな本屋などに入って、あとについてこられると、ぞっとする。（125頁）

えっ……心狭い。私けっこうそれやりがちだし。その時特に読みたい本が無いから何となくついていってるだけなんだけどね。……でも、今度からは気をつけるよ、ほむほむ。きゅん。……と、読者は穂村弘に約束する。

そんな風に穂村弘のダメ要素をギリギリ受け入れる度に、読者の中で穂村弘に対する愛しさが増していく。ダメさ余って可愛さ百倍だ。そして、しまいには「自分こそが最も穂村弘を理解し、最も穂村弘と相性のいい女性なのではないか」という気すらしてくるのだ。

しかし、そこまでほだしておきながら、穂村弘は「こんな俺を好きになってくれてありがとうございます」なんて謙虚な姿勢はみじんも見せない。読者の想いをよそに穂村弘はしゃあしゃあと「運命の人」の理想像を綴っていく。あれだけ巧妙にきゅんきゅんさせておきながら、穂村弘はいるかいないかもわかりゃしない「運命の人」に首ったけだ。ちょっと失礼ではないか。しかしその首ったけっぷりさえもダメ可愛いのだから、読者としては憎む術もない。完璧である。

そして私も、まんまときゅんきゅんさせられ、穂村弘を憎むに憎めない読者のひとりである。運命の人を想いたいなら想うがいいさ、いずれにしても最大の理解者は私なのだから。そんな寛容な気持ちでこの連載を読んでいた私に、こともあろうに穂村弘はある回において唐突に「妻」という文字を使い（122頁）、強烈に粗塩を浴びせかけたのだった。穂村弘が結婚していた事を知らなかった私は、気になる男性が指輪をはめた左手を私に見えやすい角度にさりげなく持ってきた時のように心がドゥンとした。とっくに運命の人を見つけているではないか。まったく、なんてずるい男なのだろう！

穂村弘がそのようにずるい事ばかりやっているのなら、こちらにも考えがある。名付けて「運命の人を演じて穂村弘をたばかろう計画」だ。運命の人がどんな人かは嫌というほど穂村弘が教えてくれているし、演じるのなんて簡単だ（女はそんな事しょっちゅうやっているのですよ）。なんかこう、浮世離れしてて、透明感がある感じでしょ。そんで時々、他愛もないことでものすごく喜んだり悲しんだり、ハッとさせるような事言ったりやったりするんでしょ。大丈夫、できるできる。既に私は、穂村弘をたばかる準備を完璧に終えている。華奢に見える服のコーディネイトは研究済みだ。耳も毎晩顔側に折り込んで寝ているから、かなりサル耳になってきた。「解説を書かせて頂いたお礼に、一度お茶でも」と持ちかけて、私が持ち合わせている「運命の人」的要素を総動員し、生穂村弘をきゅんきゅんさせてやろう。いや、穂村弘は私の顔を知らないのだから、素性を隠してミステリアス要素も加味して勝負しようか。ふふ。担当編集者さん、セッティングよろしく頼みますよ。

穂村さん、恐らく日本にはあなたの書き示す「運命の人」に擬態までしてあなたを虜にしたいと思う読者がそこかしこに潜んでいます。確信犯であろうとなかろうと、むやみやたらに女性をきゅんきゅんさせている報いとして、「偽運命の人」に怯える生活を送って頂きたい。来るべき私との決戦の舞台は、コンビニに向かう夜道に致しましょう。その際には、私の鍛え抜かれた舌っ足らず話法やスローまばたきに、ちょっとでもくらっときて頂けたらまったくもって幸甚に存じます。それではいつか、お会いしましょう。ごきげんよう！

（漫画家）

解説　パンクと、恋と、穂村弘

ハルカ

頭にマイクを叩きつけ、流血しながら上半身裸で歌うパンクスになりたかった。生卵や熟れすぎたトマトを客に投げつけるかのごとく、容赦なく己の魂を浴びせかけてくるフォークシンガーに憧れていた。彼らは、「命などくれてやる」とでも言いたげに、生と死を区切る白線の上を飄々《ひょうひょう》と歩き、そしてその美しい血の輝きに、私はうっとりする。

私が穂村弘という人間を好きになったのは、それとほとんど同じ衝動だ。

たまたま入った古本屋の棚にぽつんと生えていた一冊の本。冴えない眼鏡の男がここれまたぽつんと座っている表紙。

今思えばあれこそ運命と言える瞬間だったのかもしれない。運命とはなんと地味に訪れることでしょう。友人を待つ間ひまつぶしに入った桜新町のブックオフにて。

ぼんやりした語り口で綴られる奇妙奇天烈なエピソードに、ニヤつく顔を隠し肩を震わせ油断していたその時、突如として現れた、空白。一行の文。また空白。5、7、5、7、7…？　これは…。短歌だ。どきりとする。規則正しく決められた枠組みと、歌われている内容とのせめぎ合い。それによって生まれた絶妙な歪み。な、なんだかよくわからないけど、ものすごく狂暴な何かがこの一行に無理やり押し込まれている感じがする。鎖で自由を奪われながら、それに快感を覚えて血を滾《たぎ》らせているマゾヒストのような…。そう思った瞬間、くもった目で宙を見つめていた表紙の男が不敵な笑みを浮かべ、「そうでしょう、そうでしょう」と囁いた。どきり。ものすごく狂暴な何かが、この人に無理やり押し込まれている……。その禁欲的な謎のエロスに、私は魂をぐにゃりと掴まれ立ち尽くした。

こうして、パンクスとは程遠い見た目の黒縁眼鏡男の言葉によって、流血しなくとも人を凍りつかせることができるのだと、その瞬間に知ったのです。そしてそれは限りなく、恋や性や、そういうものに近い感覚なのだと。

私は普段歌を作って歌っていて、肩書きはミュージシャンである。ミュージシャンの中にも、「わけのわからないワイルド系」(25頁)が稀に存在する。いわゆるホンモノと呼ばれる彼らには、確かに得体の知れない魅力がある。

何を考えているかさっぱりわからない。いつも怪我をしている。人格が突然変わる。朝起きてトイレに入ってハミガキをするところが想像できない。酒だけで生きていそうだ。今までよく生きてこれたなあ。家、あるのかなあ。

その世捨て人的な魅力によって、男性は生き様に憧れ女性は母性本能をくすぐられ、ときめいてしまう。「この人の音楽になら犯されてもいいわ」と。それは恋のときめきに非常によく似ている。

穂村さんは自らのことを「優しくてわけわかる男」（27頁）と書いているが、果たしてそうだろうか。

先に挙げたミュージシャンの例とは趣を異にするが、穂村さんは別ジャンルにおける「わけのわからないワイルド系」だと思う。完全に。

だって、とっても思います、今までよく生きてこれたなあ。高速道路の料金所にいた女性を女神と思い、会社で内線電話がかけられずフロアを音もなく全力疾走し、「いつも薄着ですね」という女の子のひと言を愛の告白と勘違いしてきただなんて。『もしもし、運命の人ですか。』というこの本は、奥手の中年男性が運命の人を探し求め、ああでもないこうでもないと奔走するほんわか恋愛エッセイ、だと思ったら大間違いだ。

「生の実感は死に近づくことによって得られる。この絶対的な矛盾が日常のなかで現象化したものが恋の本質だと思う。」（１６３頁）という言葉。これを見た瞬間、第三の目がめりっと開いてそこから嬉し涙がこぼれた。私がずっと憧れてきたもの。あのパンクスが流した血の美しさ。フォークシンガーが撒き散らした魂の熱さ。それはまさに、生の実感への憧れだったのだ。あんな命のきらめきが、恋をすれば私にも与えられるのだ。限られた命を謳歌しようという、人間の本能的願望を叶えるためのバイブル…。私は天を仰いだ。

今日までの恋愛における数々の（葬り去りたい）思い出が、光の粒となりダイアモンドダストのごとく輝きながら目の前を流れていく。池袋東口で5時間待ちぼうけした日も。飲み会中に来た100件をこえる不在着信に怯えた日も。高円寺駅前ロータリーを泣き叫びながら走り回った夜も。確かに私は、生きていた。

恋がしたい。恋に落ちて、愛し合い、結婚し、幸せになりたい。恋がしたい。愛し合い、貪り合い、六畳一間の部屋で、返り血を浴びて、血に濡れた唇でキスをして、きらきらとどこまでも、墜《お》ちていきたい。あれ？　おかしい。運命的な恋を夢見るほどに、未来が破滅へと向かっていく。

…だめだ、こんなことでは一向に幸せになれる気がしない。恋によって生の実感が得られるのは良いけれど、この先にゴールってあるんだろうか。穂村さん、どうかパイオニアとして、「ときめき」延長作戦の研究を続けてください。恋のドキドキと親密さの両立。甘美な危険と穏やかさの共存。全人類の夢です。

実際の穂村さんはと言うと、どう接していいのか未だにわからない。お会いしたのはほんの数回ほど。柔らかな笑顔と柔らかな口調。

初めて対談でお会いした日、帰りの電車が一緒だった。一読者としては不思議な心持ちでつり革につかまりながら、「電車なんですね」と何の気なしに言った。穂村さんは、はい、と答えたあと、「電車以外に何かあるんですか？」と尋ねた。その言葉が、鮮明に記憶に残っている。「ええと、車？　かな？」とかなんとか言ったあと、奇妙な気持ちになった。

穂村さんは何のことを言ったんだろう。この時間なら電車でしょうということか。この距離ならということか。まさか、電車以外の交通手段を知らないのだろうか。そんなはずはない。私は穂村さんが免許を持っていることを知っている。運転が下手（異常）なことも。散歩が好きなこともタクシーに乗ったことがあることも知っている。何故ならエッセイを読み尽くしているからだ。

しかし、普段の交通手段までは知らない。そもそも、今日どこからきてどこへ帰るのか知らないのだ。何故ならストーカーではないからだ。そういう情報を持たない相手への、「電車以外に何かあるんですか？」という問いかけは、いろんなものを超越してしまった透明な響きを持っていた。

穂村さんはきっとこの調子で、そこかしこに潜んでいる運命にいちいち足を引っ掛けて転びながら、自らも運命のかけらを撒いているのだろう。別の世界への入り口を、短歌と、恋に求めて。

そして私たちもまた、ロマンチックでエロチックで狂暴な何かを、人間の体という枠組みに無理やり押し込んで、それをふいに溢れ出させてくれるような運命の瞬間を、懲りもせずに探していくのでしょう。

（ハルカトミユキ／ミュージシャン）

本書は、二〇〇七年三月に小社より単行本として、
二〇一〇年十二月にMF文庫ダ・ヴィンチとして、
刊行されたものです。

角川文庫発刊に際して

角川源義

第二次世界大戦の敗北は、軍事力の敗北であった以上に、私たちの若い文化力の敗退であった。私たちの文化が戦争に対して如何に無力であり、単なるあだ花に過ぎなかったかを、私たちは身を以て体験し痛感した。西洋近代文化の摂取にとって、明治以後八十年の歳月は決して短かすぎたとは言えない。にもかかわらず、近代文化の伝統を確立し、自由な批判と柔軟な良識に富む文化層として自らを形成することに私たちは失敗して来た。そしてこれは、各層への文化の普及滲透を任務とする出版人の責任でもあった。

一九四五年以来、私たちは再び振出しに戻り、第一歩から踏み出すことを余儀なくされた。これは大きな不幸ではあるが、反面、これまでの混沌・未熟・歪曲の中にあった我が国の文化に秩序と確たる基礎を齎らすためには絶好の機会でもある。角川書店は、このような祖国の文化的危機にあたり、微力をも顧みず再建の礎石たるべき抱負と決意とをもって出発したが、ここに創立以来の念願を果すべく角川文庫を発刊する。これまで刊行されたあらゆる全集叢書文庫類の長所と短所とを検討し、古今東西の不朽の典籍を、良心的編集のもとに、廉価に、そして書架にふさわしい美本として、多くのひとびとに提供しようとする。しかし私たちは徒らに百科全書的な知識のジレッタントを作ることを目的とせず、あくまで祖国の文化に秩序と再建への道を示し、この文庫を角川書店の栄ある事業として、今後永久に継続発展せしめ、学芸と教養との殿堂として大成せんことを期したい。多くの読書子の愛情ある忠言と支持とによって、この希望と抱負とを完遂せしめられんことを願う。

一九四九年五月三日

もしもし、運命《うんめい》の人《ひと》ですか。

穂村《ほむら》 弘《ひろし》

平成29年 1月25日 初版発行
令和5年 6月30日 26版発行

発行者●山下直久

発行●株式会社KADOKAWA
〒102-8177 東京都千代田区富士見2-13-3
電話 0570-002-301（ナビダイヤル）

角川文庫 20164

印刷所●株式会社KADOKAWA
製本所●株式会社KADOKAWA

表紙画●和田三造

●お問い合わせ
https://www.kadokawa.co.jp/（「お問い合わせ」へお進みください）
※内容によっては、お答えできない場合があります。
※サポートは日本国内のみとさせていただきます。
※Japanese text only

ISBN978-4-04-102624-3 C0195